William Shakespeare

A megera domada

Tradução e adaptação em português de

Hildegard Feist

Ilustrações de

Cláudia Ramos

Gerência editorial
Sâmia Rios
Edição
Ângelo Alexandref Stefanovits
Assistência Editorial
Maria Sílvia Gonçalves
Preparação
Maysa Monção
Revisão
Andréa Vidal de Miranda,
Claudia Virgilio e
Thiago Barbalho
Coordenação de arte
Maria do Céu Pires Passuello
Editoração eletrônica de capa
Wladimir Senise
Diagramação
Jean Claudio Aranha

Av. Otaviano Alves de Lima, 4400
Freguesia do Ó
CEP 02909-900 – São Paulo – SP

ATENDIMENTO AO CLIENTE
Tel.: 4003-3061

www.scipione.com.br
e-mail: atendimento@scipione.com.br

2023

ISBN 978-85-262-8310-7 – AL

ISBN 978-85-262-8311-4 – PR

Cód. do livro CL: 737857

3.ª EDIÇÃO
10.ª impressão

Impressão e acabamento
Bartira

Traduzido e adaptado de *The taming of the shrew*, em *the complete works of william Shakespeare*. Garden City/New York: Nelson Doubleday, s.d. vol. I.

Dados Internacionais de Catalogação na Publicação (CIP)
(Câmara Brasileira do Livro, SP, Brasil)

Feist, Hildegard

A megera domada / William Shakespeare; tradução e adaptação em português de Hildegard Feist; ilustrações Cláudia Ramos. – São Paulo: Scipione, 2000. (Série Reencontro)

Título original: *The taming of the shrew*.

1. Literatura infantojuvenil I. Shakespeare, William, 1564-1616. II. Ramos, Cláudia. III. Título. IV. Série.

00-0913 CDD-028.5

Índices para catálogo sistemático:
1. Literatura infantojuvenil 028.5
2. Literatura juvenil 028.5

Este livro foi composto em ITC Stone Serif e Frutiger
e impresso em papel Offset 75g/m².

SUMÁRIO

QUEM FOI WILLIAM SHAKESPEARE?

No verão de 1587, um rapaz interiorano andava pelas ruas de Londres. Tinha consigo apenas algumas libras, mas finalmente encontrava-se no ambiente propício para desenvolver a sua vocação – a literatura.

A capital inglesa havia sido, por muito tempo, apenas um sonho para William Shakespeare. Nascido em 1564 em Stratford-upon-Avon, gozou de uma vida abastada até os 12 anos. A partir de então, com a falência de seu pai, viu-se obrigado a trocar os estudos pelo trabalho árduo, passando a contribuir para o sustento da família. Guardava, entretanto, os conhecimentos adquiridos na escola elementar, onde havia iniciado seus estudos de inglês, grego e latim; por sua própria conta, continuou a ler os autores clássicos, poemas, novelas e crônicas históricas. Era também um profundo conhecedor da Bíblia.

Aos 18 anos já estava casado com a rica Anna Hathaway, com quem teve três filhos. Não se sabe ao certo por que motivo seguiu sozinho para Londres, quando contava 23 anos; o fato é que veio a tornar-se a figura mais expressiva da literatura inglesa. Foi o maior poeta e dramaturgo do Renascimento de seu país.

De maneira bem simples, podemos definir o Renascimento como a retomada da cultura da Antiguidade clássica, baseada na valorização de todas as capacidades do homem e no estudo e conhecimento da natureza, que se desencadeou em vários países da Europa nos séculos XIV, XV e XVI, reformulando as artes, as letras e as ciências. Esses princípios eram bem diferentes daqueles que nortearam a cultura medieval, centralizada na adoração a Deus e no estudo exclusivo dos livros sagrados e dos assuntos espirituais.

Vários foram os fatores que determinaram esse processo: a centralização do poder na figura dos reis, que estimulavam a produção artística esperando obter dessa forma uma promoção pessoal; o desenvolvimento do comércio e das cidades; e o enriquecimento dos comerciantes, que passaram a pagar para que artistas e literatos produzissem obras que divulgassem os valores dessa classe em ascensão.

Na época de Shakespeare, o poder na Inglaterra concentrava-se nas mãos da rainha Elizabeth I, que governou entre 1558 e 1603. Foi durante seu reinado que o país passou a ter o domínio das rotas comerciais marítimas, ampliando seu império com conquistas territoriais na América, África e Ásia.

Tal efervescência cultural era bastante acentuada em Londres, onde se desenvolvia uma intensa atividade teatral. As peças, além de serem encenadas, eram também impressas em livros e folhetins, os quais eram rapidamente consumidos pelo público. Assim, as companhias eram obrigadas a renovar seus repertórios com frequência, encomendando peças inéditas aos autores da época.

Shakespeare iniciou sua carreira como ator, na companhia teatral do conde de Leicester. Pouco tempo depois, passou a dedicar-se à adaptação de textos alheios para o palco. O sucesso obtido nessa atividade levou-o a escrever suas próprias peças – a primeira delas foi o drama histórico *Henrique IV*, em 1591.

Nos dez anos seguintes, Shakespeare – agora com sua própria companhia teatral – escreveu 15 peças, quase todas comédias leves e dramas históricos ou sentimentais, como *Sonho de uma noite de verão*, *A megera domada*, *Muito barulho por nada*, *Ricardo III* e *Romeu e Julieta*. A partir de 1601, durante um período de recolhimento e meditação, elaborou a maior parte de suas tragédias, como *Otelo*, *Hamlet*, *Rei Lear* e *Macbeth* – esta é considerada, por alguns críticos, a sua "fase sombria". A maioria dessas obras já foi adaptada para a Série Reencontro e vem obtendo grande sucesso de público, ano após ano.

Uma das comédias mais conhecidas de Shakespeare, *A megera domada* baseia-se numa peça de título quase idêntico, *Uma megera domada*, que um autor anônimo publicou em 1594. (Em inglês os títulos são respectivamente *The taming of the shrew* e *The taming of a shrew*, que ao pé da letra significam *A doma da megera* e *A doma de uma megera*.) Shakespeare fez várias alterações no texto original, acrescentando e cortando cenas e peripécias para tornar o enredo mais engraçado e dar maior destaque aos personagens de Petrúquio e Catarina. *A megera domada* foi publicada pela primeira vez em 1623 e acredita-se que tenha sido escrita por volta de 1597. Cheia de energia e movimento, com a ação desenrolando-se num ritmo ágil, que prende o interesse do espectador (ou do leitor) da primeira à última linha, a peça apresenta duas histórias – a da "doma" de Catarina por Petrúquio e a dos pretendentes que se disfarçam para conquistar Bianca, a irmã da "megera". Boa parte da peça se passa em casa de Batista Minola, o pai das jovens, e outra parte, na casa de campo de Petrúquio, onde observamos o método utilizado por ele para domar sua irascível esposa. Os personagens se situam nas duas pontas da escala social: ricos comerciantes e sua respectiva prole, de um lado, e pobres criados, de outro. *A megera domada* inspirou ao cineasta italiano Franco Zeffirelli um belo filme, estrelado por Elizabeth Taylor e Richard Burton (produção de 1966).

Uma observação final: uma peça de teatro é mais bem apreciada quando encenada, e não quando lida. Assim, nesta adaptação o texto original foi transposto para a forma de narrativa, de modo a facilitar a compreensão da obra e tornar sua leitura mais fluente.

Jovens viajantes

Soprava um vento tão frio que parecia cortar a pele como faca afiada. As poucas pessoas que se aventuravam a enfrentá-lo caminhavam apressadas, envoltas em grossos mantos de lã. Era evidente que só tinham saído de casa porque precisavam muito resolver algum assunto, mas não viam a hora de voltar para perto da lareira. Enquanto caminhavam, curvadas como velhos, espiavam de vez em quando pelas janelas alheias e suspiravam: que bom estar lá dentro, ao pé do fogo, conversando, fazendo algum trabalho ou simplesmente tirando uma gostosa soneca. E, reanimadas por essa perspectiva, tratavam de apressar o passo ainda mais.

Nenhuma delas, porém, estava tão ansiosa para aquecer o corpo quanto os dois viajantes que nesse momento entravam numa das belas praças de Pádua. Haviam partido de Pisa, sua cidade natal, na chuvosa manhã da véspera, um dos últimos dias do inverno de 1590, para percorrer as estradas estreitas e lamacentas que transpunham os montes Apeninos e levavam a Pádua, mais de duzentos quilômetros a nordeste. Parando cá e lá, cavalgaram até o entardecer, quando o sol se punha no horizonte e as sombras se tornavam mais densas. Exaustos, hospedaram-se numa estalagem de beira de estrada para jantar e dormir e, na manhã seguinte, se puseram novamente a caminho; pouco antes da hora do almoço avistaram as imponentes muralhas de Pádua.

Esses viajantes eram muito jovens. Um deles, de nome Lucêncio, tinha vinte anos e se dirigia a Pádua para cursar filosofia na ilustre universidade local, fundada no século XIII. Achava que podia muito bem se formar lá mesmo em Pisa, onde havia igualmente uma universidade respeitável, criada em 1343. Mas seu pai, o rico mercador Vicêncio Bentivoli, decidira mandá-lo estudar fora para que aprendesse a viver longe de sua asa protetora.

O outro viajante era Trânio, criado de Lucêncio. Tinha aproximadamente a mesma idade e crescera junto com seu jovem patrão, pois era órfão de pai e mãe, e Vicêncio resolvera criá-lo. Trânio recebera praticamente a mesma educação primorosa que o mercador proporcionara a seu único filho: falava várias línguas, era exímio em matemática e geografia, conhecia história e arte, tocava flauta – enfim, não ficava nada a dever a muito fidalgo de sua geração.

– Cuide bem de meu menino! – o velho Bentivoli lhe recomendara, quando os dois viajantes deixaram o lar. E, depois que ambos se afastaram, suspirou, enxugando uma lágrima:

– Sei que tomei a decisão certa, mas é triste vê-los partir...

Vicêncio os criara praticamente sozinho, contando apenas com a ajuda de seus empregados. Sua esposa falecera ao dar à luz um segundo filho, que, ao fim de algumas semanas, também acabara morrendo. Lucêncio estava com sete anos, mas podia se lembrar muito bem da mãe, uma mulher miúda e magra, de rosto bonito e meigo e dedos finos e ágeis que tiravam da harpa sons celestiais.

– Chegamos! – Trânio exclamou tão logo seu cavalo transpôs uma das sete portas de Pádua.

– Até que enfim! – Lucêncio resmungou, cansado de sofrer tanto frio e tanto desconforto. Sentia-se gelado e moído até os ossos.

Os dois estavam tão ansiosos para encontrar logo a tal hospedaria recomendada por um amigo do velho Vicêncio que nem deram atenção aos encantos de Pádua. Percorreram suas ruas estreitas e tortuosas com tamanha pressa que não repararam nas arcadas que as guarneciam, nem nas imponentes mansões em que viviam os poderosos locais, nem nos esplêndidos palácios que abrigavam o conselho dos nobres, o tribunal de justiça e a câmara municipal.

Ao entrar numa vasta praça, viram-se diante de uma igreja antiga, que tampouco tiveram interesse em observar.

Um velho mendigo se aninhava no pórtico, tiritando de frio diante de um foguinho minguado que conseguira acender com uns gravetos e um pouco de palha.

– Bem-vindos, forasteiros! – o mendigo lhes disse, acenando-lhes com uma mão envolta em trapos.

– Olá! – Trânio o cumprimentou, meio surpreso, pois nem havia percebido sua presença. – Por favor, pode nos informar onde fica a hospedaria... hã... como é mesmo o nome?... Ah, lembrei! Cabeça de Javali!

– Cabeça de Javali? É uma hospedaria muito chique... – O velho ajeitou os panos imundos que lhe serviam de agasalho e ficou quieto, como se para ele a conversa tivesse terminado.

Os rapazes esperaram alguns instantes, entreolhando-se sem entender o motivo daquele silêncio. Por fim, Lucêncio perguntou, irritado:

– Pode nos informar ou não?

– Depende... – o mendigo respondeu, fazendo ar de mistério.

– O que quer dizer com "depende..."? – Trânio perguntou.

– Depende de me pagarem pela informação...

Lucêncio, carrancudo, abriu a pequena bolsa que trazia presa ao cinto e dela tirou uma moeda de cobre. O velho esfarrapado observava com muito interesse e, antes que o rapaz fechasse a bolsa, sugeriu:

– Que tal uma de prata?

– Pois nem de prata, nem de cobre! – Lucêncio decidiu, perdendo o pouco de paciência que ainda lhe restava.

– Desse jeito não vamos achar a hospedaria nunca! Não há mais ninguém a quem podemos perguntar! – Trânio argumentou, baixando a voz para que o espertalhão não o escutasse, pois achava que ele seria bem capaz de exigir uma moeda de ouro para lhes dar a informação. – Vamos, patrãozinho, dê uma moeda de prata ao pobre homem!

– Não me chame de patrãozinho! – Lucêncio protestou, mas ouviu o conselho do bom amigo e empregado. – Tome lá! – disse ao mendigo, atirando-lhe uma moeda de prata.

O maltrapilho a pegou no ar, examinou-a atentamente e mordeu-a com toda a força para ver se era de prata mesmo. Satisfeito, levantou-se e anunciou, muito pimpão:

– Vou levá-los até lá!

– Não precisa! – Lucêncio falou mais que depressa, pensando que morreria de vergonha se fosse visto na companhia daquele homem esfarrapado e sujo.

– Como quiser, Excelência! – O velho fez-lhe uma irônica reverência, curvando-se até quase tocar a cabeça no chão, e depois se empertigou como um general ao passar as tropas em revista. – Desça esta rua, aqui ao lado da igreja, até o fim; dobre à esquerda e siga por mais dois quarteirões. Então chegará a uma praça, menorzinha que esta; entre à direita e vá sempre em frente até avistar a placa "Cabeça de Javali". É lá.

Dito isso, deitou-se, encolhendo-se como um gato, e fingiu que caíra no sono. "Ganhei o dia", pensou. "Mas bem que esse avarento podia ter-me dado uma moeda de ouro..."

A bela e a megera

Os dois rapazes seguiram as instruções do mendigo, mas no último quarteirão antes da praça "menorzinha" depararam-se com uma grande confusão. Uma carroça estreita e comprida obstruía a passagem. Como se não bastasse, quatro homens tentavam levar para dentro de uma casa uma enorme arca de madeira, que pelo jeito não haveria de passar por aquela porta nem no dia de São Nunca.

– É melhor colocar esse trambolho no chão e arrastá-lo – sugeriu um homem que espiava pela janela.

– E arranhar minha arca nova, não é, engraçadinho? – reclamou o proprietário do móvel.

– Isso é que é mania de grandeza! – comentou uma mulher que estava chegando com uma cesta de verduras e o rosto vermelho de frio.

– Não é da sua conta! – berrou a filha do dono da arca.

Enquanto todo mundo falava e despejava palpites e comentários, os quatro homens se esforçavam, sem o menor sucesso, para fazer a danada da arca entrar na casa de seu comprador. Viravam-na de um lado e de outro, recuavam, avançavam, trocavam de posição, tentavam empurrá-la – e nada.

– Isso vai longe, patrãozinho! – Trânio comentou, achando engraçada toda aquela confusão.

– Vamos deixar os animais aqui e seguir a pé – Lucêncio propôs, já se apeando de sua montaria. – O hospedeiro mandará buscá-los.

– Está maluco, patrãozinho? Antes de chegarmos à hospedaria, alguém já os terá roubado... com bagagem e tudo!

Lucêncio ficou em silêncio, observando a barafunda causada pela arca, olhando para os cavalos e para a mula, que parecia arrear sob o peso de dois baús.

– Então você fica aqui, cuidando dos animais, e eu vou a pé até a hospedaria. Depois volto com reforços para levarmos essa tralha! Aliás, não sei quem teve a infeliz ideia de trazer tanta coisa!

– Ora, essa é boa! Pois não foi você que resolveu carregar a casa nas costas? – Trânio falou, relembrando a trabalheira que tivera para arrumar aqueles baús. Apesar dos conselhos do pai, Lucêncio não quis se separar de suas belas roupas, seus chapéus de penacho, sua coleção de botas, seus livros. E agora reclamava de tanta "tralha"... – "Só mais esta meia" – Trânio resmungou, imitando a voz do patrãozinho. – "Só mais este livrinho..."

Lucêncio, porém, não o ouviu. Ia descendo a rua, quase colado às paredes das casas para poder passar por aquele amontoado de gente que estava às voltas com o trambolho da arca.

Levou alguns minutos para fazer a travessia, pois quando dava um passo para a frente alguém o empurrava para trás ou ele mesmo tinha de recuar para não levar uma pancada involuntária, resultante de uma manobra desastrada. Por fim chegou à praça mencionada pelo mendigo e ali encontrou um pequeno grupo de pessoas que pareciam discutir acaloradamente.

"Mas hoje deve ser o dia da Discussão Universal... pelo menos em Pádua!", comentou consigo mesmo. "Para uma cidade que parecia deserta, até que esta é bem agitadinha!"

Curioso por saber do que se tratava e ao mesmo tempo com medo de se envolver em alguma briga, Lucêncio voltou atrás alguns passos e ficou bem encostado à parede de uma casa, para que não o vissem.

– Não insistam mais! – gritou um velho ricamente vestido, fazendo menção de afastar-se com duas belas moças.

– Senhor Batista! Por favor! – pediu um rapaz que aparentava ser uns oito anos mais velho que Lucêncio.

– Sim, senhor Batista, por favor! – fez-lhe eco um sujeito de meia-idade que ostentava uma barbicha branca como algodão.

– Papai, por favor! – reforçou uma das duas jovens que acompanhavam o tal senhor Batista.

A voz dessa moça era tão suave, tão doce, tão melodiosa que Lucêncio deixou de lado a cautela e se aproximou um pouco mais para vê-la melhor. "Que criatura linda!", pensou.

De fato a jovem Bianca – assim se chamava ela – era belíssima. Tinha uns cabelos loiros que brilhavam como fios de ouro, luminosos olhos azuis, um narizinho delicado, uma pele de seda, uma boca rosada que parecia ter saído do pincel de um grande artista. E, além de linda, era extremamente simpática, graciosa, meiga, doce – enfim, a deusa dos sonhos de muitos homens, jovens e maduros, que, para casar-se com ela, fariam qualquer coisa, como, por exemplo, implorar a seu pai que os ouvisse pela enésima vez. Era o que estavam fazendo o jovem e o velhote que se encontravam ali na praça, mas Lucêncio ainda não sabia.

– Eu já lhes expliquei mil vezes! Ai, eles não entendem, santo Deus! – O senhor Batista ergueu as mãos para o alto como se estivesse pedindo aos céus que o ajudassem a enfiar sua explicação naquelas cabeças duras. – Não posso conceder a mão de Bianca a nenhum de vocês, porque a tradição exige que Catarina se case primeiro! Ela é a mais velha!

– Vamos para casa, pai! – Catarina gritou, puxando o velho pelo manto. – Estou congelando!

Os dois pretendentes se entreolharam, desanimados. Quem, em seu juízo perfeito, haveria de querer se casar com Catarina, aquela megera? Bonita ela era, sem dúvida. O oposto da irmã: alta, empertigada, cabelos negros, olhos cor de avelã, boca carnuda, narinas largas. E bruta, mandona, incapaz de um gesto de carinho ou de uma palavra amável. Quando se enfurecia (e se enfurecia por dá-cá-aquela-palha), atirava tudo o que encontrava pela frente no infeliz que despertara sua fúria.

– Mas, senhor Batista, bem sabe que, com esse gênio do cão, Catarina vai demorar para se casar... – argumentou Hortênsio, o rapaz que parecia oito anos mais velho que Lucêncio.

– E quem disse que quero me casar? – Catarina perguntou, irritada com os causadores daquela discussão que a obrigava a ficar plantada na praça, passando frio desnecessariamente.

Sem lhe dar ouvidos, Grêmio, o sujeito da barbicha branca como algodão, quis saber:

– E se não casar nunca? A coitada da Bianca vai acabar morrendo solteira?

O senhor Batista não falou nada. Postado no meio da praça, ora esfregava as mãos, ora tirava o elegante gorro de pele e coçava a careca, ora suspirava ruidosamente.

– Maldita tradição! – explodiu enfim.

– Calma, papai! – Bianca acariciou-lhe o rosto corado. – Um dia Catarina haverá de mudar seu gênio e então encontrará um bom marido. Enquanto isso, não se preocupe comigo. Tenho meus livros e meu alaúde para me fazerem companhia. Agora vamos para casa, papai! Com esse frio poderá apanhar uma pneumonia! Que Deus o livre e guarde!

– Vá entrando, filhinha, pois ainda quero trocar umas palavras com estes cavalheiros – Batista respondeu.

– Não se demore, papai! – insistiu Bianca, dirigindo-se para o casarão que se erguia no fundo da praça.

Catarina, a megera, olhou furiosa para os pretendentes da irmã, encheu a boca de saliva e cuspiu nos pés deles. Depois correu para casa, batendo a porta atrás de si com tamanha força que deu a impressão de fazer a praça inteira estremecer.

– Ah, essa minha primogênita só me dá desgosto... – suspirou o velho. – Em compensação a caçula é toda a minha alegria. Viram como é cordata, sensível, estudiosa...?

"E linda...!", Lucêncio completou mentalmente, cada vez mais encantado com a bela Bianca.

– Quero arranjar professores para que ela aperfeiçoe seus conhecimentos de música, idiomas, literatura... – Batista continuou –, e vocês vão me ajudar. Por favor, procurem na cidade bons mestres, homens de respeito com gabarito suficiente para ensinar minha filhinha. E acho que vou querer que Catarina também tome umas aulas. A danada é inteligente que só ela, mas não tem paciência para estudar nada! Quem sabe se um professor habilidoso não conseguiria lhe transmitir conhecimentos que contribuíssem para domá-la?

"Xi, parece que a tal da Catarina não tem conserto...", Lucêncio pensou.

– Bem, rapazes, conto com todos vocês! Até mais ver! – O senhor Batista despediu-se e correu para casa, esfregando as mãos geladas.

Os pretendentes de Bianca o acompanharam com os olhos e, depois que ele entrou no palacete, Grêmio se voltou para Hortênsio, declarando repentinamente:

– Precisamos dar um jeito nisso!

– Precisamos...? – o jovem surpreendeu-se. Afinal, os dois eram rivais.

– É isso mesmo. Vamos deixar nossa rivalidade de lado e unir forças para encontrar um louco que aceite casar-se com Catarina – explicou Grêmio.

– Acho que nem o diabo haveria de querer aquela megera... – Hortênsio ponderou.

– Haveria, sim, se pensasse menos nos maus modos de Catarina e mais na fortuna que ela levará como dote... O pai dela certamente vai recompensar muito bem o infeliz que lhe fizer o imenso favor de carregar Catarina para bem longe... – o velhote argumentou.

– Isso lá é verdade... – o jovem concordou.

– Então, pelo menos por enquanto, somos aliados? Depois voltaremos a competir entre nós pela mão de Bianca, não se preocupe.

Contente com a proposta e, ao mesmo tempo, desconfiado das verdadeiras intenções do rival, Hortênsio relutou um pouco em apertar a mão que Grêmio lhe estendia, mas acabou cedendo. O fim justificava plenamente os meios.

– Negócio fechado! – declarou.

– Então vamos até a taberna tomar um gole de vinho e estabelecer um plano de ação!

Os dois pretendentes se afastaram, abraçados como velhos amigos. Enquanto isso, Lucêncio suspirava, embasbacado com a beleza de Bianca, contemplando sucessivamente o local onde a avistara pela primeira vez e a porta do casarão onde ela entrara.

– Que anjo! Que deslumbramento! – repetia sem parar.

Uma carroça comprida e estreita passou a seu lado com tanto barulho que o arrancou de seu êxtase.

– Preciso achar um jeito de chegar mais perto daquela criatura maravilhosa... – murmurou, começando a compreender que as circunstâncias o obrigavam a planejar uma boa estratégia.

O plano de Lucêncio

Finalmente os quatro homens conseguiram colocar a arca na sala de seu comprador e foram embora. O proprietário do móvel e sua família, os vizinhos, os transeuntes deram vivas, e cada qual foi cuidar de seus afazeres.

A rua ficou desimpedida. Trânio esperou alguns instantes e, não vendo aparecer nem sombra dos reforços que o patrãozinho prometera ir buscar, resolveu tocar para a hospedaria. Afinal, segundo a indicação do mendigo, não devia estar longe da "Cabeça de Javali".

– Mas onde será que aquele doido se meteu? – resmungou, puxando como podia o cavalo de Lucêncio e a mula carregada de baús.

No entanto, mal chegou à praça, avistou Lucêncio, parado junto a uma parede, como se estivesse se escondendo. Nem parecia sentir o vento gelado que soprava forte na quina da parede com um uivo assustador.

– Ué, o que você está fazendo aí? – Trânio perguntou, surpreso.

– Estou pensando... – o outro respondeu, exclamando em seguida: – Aconteceu uma coisa fantástica! Eu me apaixonei!

Primeiro Trânio arregalou os olhos, sem acreditar no que estava ouvindo. Depois caiu na risada e, apeando-se do cavalo, disse:

– Que paixonite mais rápida! E por quem será, já que não vejo vivalma nesta praça gelada...?

– Por Bianca, o anjo que mora ali... – Lucêncio apontou o casarão.

– E como você conheceu esse anjo?

Entre um suspiro e outro o patrãozinho relatou ao criado, detalhadamente, a cena que presenciara e que, afirmou com ardente convicção, havia mudado sua vida para sempre.

– Ah, meu amigo... – concluiu – ela é linda, meiga, doce, sensível, inteligente, cordata, bondo...

– Ei, espere aí! – Trânio o interrompeu. – Como é que você sabe que ela é tudo isso?

– Porque eu a vi!

– Sim, viu que ela é linda. Mas... e o resto? Ela trazia um letreiro na testa, anunciando: "Sou meiga e doce, sensível e inteligente, cordata e bondosa"?

– Claro que não, seu burraldo! Mas o jeito dela transmitia todas essas qualidades, e, além do mais, o senhor Batista as confirmou verbalmente... ao menos em parte!

– E você se apaixonou, assim, num piscar de olhos...

– Exatamente! E o que é que você tem a ver com isso?

Trânio apertou os lábios e balançou a cabeça, murmurando consigo mesmo: "Esse é um caso perdido..." Sabia que o impulsivo Lucêncio via um anjo em toda moça bonita e uma peste em toda mulher feia. Achava um absurdo julgar o caráter de uma pessoa pela aparência e ainda mais absurdo apaixonar-se assim, sem mais nem menos! Para ele, o amor só podia ser fruto do conhecimento, da compreensão, da afinidade. O sentimento repentino, baseado numa simples impressão inicial e superficial, era atração física, não amor. No entanto, apesar de ter visto Lucêncio impressionar-se com várias jovens ao longo da vida, nunca o ouvira declarar-se apaixonado.

– Vamos para a hospedaria – o patrãozinho determinou, mas, no momento em que se preparava para montar seu cavalo, voltou-se para o criado, o rosto radiante de alegria. – Já sei! – anunciou triunfalmente, como se acabasse de ocorrer-lhe uma tática infalível para ganhar a mais crucial das batalhas. – Escute... O senhor Batista encarregou aqueles dois paspalhos de arrumarem professores para ela. Ora, com todo o meu estudo, posso muito bem dar conta desse papel... Vou lá me apresentar como professor... Fale a verdade, é uma ideia simplesmente ge-ni-al, não é?

– Mas, se você for lá se apresentar como professor, quem é que vai se apresentar na hospedaria e na faculdade como Lucêncio Bentivoli?

– Você!

– Eu...?! Mas...

– Já pensei em tudo, amigo. Vamos trocar de lugar agora mesmo. – Nem bem acabou de falar, Lucêncio tirou o belo manto de zibelina, o chapéu enfeitado com uma vistosa pluma, as luvas de camurça e entregou-os a Trânio. – Passe para cá sua capa e seu gorro... Rápido! Estou congelando!

Completada a troca de roupa, cada qual montou no cavalo do outro, e o criado, que não acreditava muito no sucesso do plano, perguntou:

– E você vai se apresentar como professor de quê?

– De idiomas e literatura, ora!

– Que idiomas e que literatura?

– Ah, sei lá... Grego, latim... e os poetas que se expressaram nessas línguas!

Sem mais delonga os dois rapazes entraram na rua, à direita da praça deserta, e, conforme o velho maltrapilho lhes informara, logo avistaram a placa com o nome "Cabeça de Javali". A hospedaria era de fato muito chique, como o mendigo havia dito. Depois de passarem pelo pórtico de arcadas, os viajantes se viram num saguão atapetado, cujas janelas exibiam vitrais com a figura de um javali, emoldurada por guirlandas de flores e cachos de uva.

Um homem sonolento estava postado atrás de um balcão, esfregando-o distraidamente com um pano. Uma mulher, sentada junto à lareira, bordava uma pequena peça branca, aparentemente um lenço. Um hóspede aquecia-se em outra cadeira, lendo um livro, enquanto um cavalheiro muito bem trajado examinava atentamente um quadro pendurado na parede.

– Pois não...? – disse o sujeito do balcão.

– Meu nome é Lucêncio Bentivoli, e meu pai, o mercador Vicêncio Bentivoli, de Pisa, reservou aposentos aqui para mim e meu amigo – Trânio informou.

O hospedeiro abriu uma caixa de ébano que estava sobre o balcão, retirou uma série de papéis, desdobrou alguns deles e por fim encontrou o que procurava.

– Sim, aqui está a carta... – falou. – Seu pai fez a reserva há três semanas. Ainda bem, porque, caso contrário, os senhores não encontrariam nenhum aposento vago. Tenho muitos estudantes ricos hospedados em meu estabelecimento, que é famoso em toda a Itália. Hoje mesmo precisei despachar dois rapazes que chegaram de Carrara sem avisar... Uma pena...

– Podemos nos instalar? – Lucêncio perguntou, já meio aborrecido com a tagarelice do outro e ansioso para começar a colocar seu plano em prática.

– Claro! – o homem respondeu, tocando uma sineta com tanta força que assustou o gato que dormia junto ao fogo.

Um rapaz robusto entrou no saguão, e o dono da hospedaria mandou-o carregar os baús para o apartamento dos recém-chegados.

– Depois, leve os animais ao estábulo, escove-os bem e dê-lhes comida e água – ordenou, voltando-se em seguida para os novos hóspedes: – Venham, vou mostrar-lhes seus aposentos. Os senhores terão um amplo dormitório e uma saleta de estudos. Mas, é curioso... Pelo que me lembro, seu pai reservou acomodações para o senhor e seu criado...

Trânio pigarreou, só para ganhar tempo, e olhou disfarçadamente para Lucêncio, como se lhe dissesse: "E agora, espertinho, como é que vamos sair dessa?"

– O criado ficou em Ferrara, senhor, cuidando de uma irmã que está muito doente, coitadinha... – Lucêncio explicou sem hesitar. – E eu decidi acompanhar meu velho amigo em busca de uma colocação... Sou professor de idiomas e literatura...

– Ah... – fez o hospedeiro, sem deixar claro se acatara a explicação ou não. – Creio que ficarão confortavelmente instalados, muito melhor do que se alugassem uma casa, onde teriam o trabalho de comprar móveis, contratar empregadas e tudo o mais – comentou.

Lucêncio, porém, já não o escutava. Mentalmente estabelecia os passos que pretendia dar para chegar até a bela Bianca, tentando imaginar todo tipo de detalhe e formular todo tipo de resposta para perguntas comprometedoras como a que acabara de ouvir. Assim, mal se viu a sós com o amigo, expôs-lhe o restante do plano:

– Agora vou procurar os dois palermas e oferecer-lhes meus préstimos...

– Espero que pense muito bem para não ter de passar outro apuro como este... – Trânio falou. – Confesso que não me ocorreu nenhuma ideia ge-ni-al como a sua para dissipar a desconfiança de nosso hospedeiro...

– Já pensei em tudo, não se preocupe...

– Inclusive no nome com que vai se apresentar...?

– Xi, nisso não... Que cabeça!

– Que tal... Câmbio? Já que se trata de uma troca de identidade, é um nome bem sugestivo... – o criado sugeriu, ao mesmo tempo feliz da vida por assumir o lugar do patrão e preocupado com o andamento do plano.

– Parabéns! É uma boa ideia! Sou Câmbio, de Ferrara, professor de grego, latim e literatura greco-latina. E você é Lucêncio Bentivoli, de Pisa, estudante de filosofia e pretendente de Bianca!

– Como é?

– Precisamos cobrir todos os flancos. Enquanto cortejo a linda donzela, com o pretexto de lhe dar aulas, você sonda os sentimentos dela e vigia os outros pretendentes. Depois me conta tudo, tim-tim por tim-tim... Não se preocupe, vai dar tudo certo. Agora trate de dar um jeito nessa cara para se apresentar no palacete de Bianca, que eu vou sair para falar com aqueles dois bobocas...

Lucêncio deu meia-volta e já estava com a mão na maçaneta da porta, quando Trânio o deteve com uma última pergunta:

– E onde vai encontrá-los, se nem ao menos sabe como se chamam?

– Eles disseram que iam a uma taberna comemorar o pacto de ajuda mútua que fizeram. Não deve ser um lugar muito distante da praça, pois não haveriam de ficar zanzando nesse frio... Até mais ver!

– E eu não vou almoçar...? – Trânio resmungou, sentindo o estômago roncar.

O bravo Petrúquio

Passava um pouco da hora do almoço quando outros dois forasteiros se apearam diante de uma casa situada no lado oposto da cidade. Tratava-se de mais uma dupla de patrão e empregado.

O patrão era um homem de seus vinte e tantos anos, dono de uma encaracolada cabeleira castanha e expressivos olhos verdes. Montava um cavalo branco e trazia a cabeça exposta ao vento, não parecendo incomodar-se nem um pouco com a baixa temperatura. Chamava-se Petrúquio e acabava de chegar de Verona, a bela cidade localizada a leste de Pádua, palco da tragédia de Romeu e Julieta, os adolescentes que morreram de amor.

O empregado era um rapaz bem mais jovem, de rosto quase imberbe e olhos arregalados como se estivesse sempre perplexo com tudo o que via. Chamava-se Grúmio e servia a Petrúquio desde menino.

– Bata! – o patrão ordenou-lhe.

– Em quem? – o criado perguntou, voltando-se para todos os lados com os punhos cerrados, à procura de uma vítima em potencial.

– Em mim, seu palerma! – Petrúquio explodiu, demonstrando que já estava farto das asnices do rapaz.

– E por que razão haveria eu de bater no senhor, se não me fez mal nenhum? – Grúmio argumentou. – É bem verdade que me paga um salário ridículo e nunca me deu um presentinho, nem sequer uma garrafinha do bom vinho da Toscana, mas, fora isso...

– Feche a matraca, imbecil, ou vou moê-lo de pancadas! – o patrão gritou, interrompendo a cantilena que ouvia diariamente. – Um idiota como você não merece nem os trocados que lhe pago por pura caridade. Bata na porta, animal!

– Que porta?

Furioso com tantas perguntas cretinas, Petrúquio achou melhor apear-se e ir bater pessoalmente na porta de um belo sobrado de três andares.

Um minuto depois, Hortênsio apareceu e, ao vê-lo, escancarou um sorriso, revelando uns dentes muito brancos e muito bem encaixados nas gengivas coradas.

– Amigo Petrúquio! – exclamou, abraçando o visitante com carinho. – Entre, entre... Grúmio, leve os cavalos para o estábulo, lá no fundo, e acomode-os. Depois peça à cozinheira que lhe sirva um bom prato de comida. Você já almoçou, Petrúquio?

– Não... Acabei de chegar.

– Então venha!

O dono da casa o conduziu a uma ampla sala de jantar, equipada com uma mesa comprida, com capacidade para umas dezoito pessoas, e uma arca imensa, encostada à parede do fundo. Na cabeceira da mesa havia uma travessa com um pernil já cortado, um prato com algumas sobras, um copo e uma jarra de vinho.

– Estou almoçando! – Hortênsio informou e, voltando-se na direção da porta, chamou: – Valentina, traga mais um prato, um copo e um talher!

Uma velhota robusta e morena prontamente entrou na sala, colocou sobre a mesa os objetos solicitados e retirou-se em silêncio. O anfitrião serviu um suculento naco de carne para o amigo e sentou-se para terminar de comer.

– Por pouco você não me encontrava – comentou. – Cheguei há um quarto de hora. Mas diga-me... que bons ventos o trouxeram a Pádua?

– Os ventos que espalham os jovens pelo mundo em busca de novidades e experiências, meu caro – Petrúquio respondeu. – Vim ver você e tentar fazer fortuna por aqui, uma vez que em Verona esgotei todas as possibilidades.

– Mas você já é rico... – Hortênsio observou.

– E daí? Nunca é demais ampliar o patrimônio...

Os dois amigos riram gostosamente, erguendo o copo para brindar o reencontro. Haviam estudado juntos em Pádua e viajado por toda a península Itálica, visitando palácios e catedrais, bem como tabernas e bordéis em cada cidade pela qual passaram.

– E o senhor Antônio, como está? – Hortênsio quis saber.

– Meu pai faleceu... Não avisei você porque foi tudo tão repentino e tão chocante que nem me ocorreu comunicar o passamento a ninguém... Desculpe...

– Eu entendo...

– Ele era tão forte, tão bem disposto... Um dia sentiu uma dor forte nas costas, chamei o médico, e ele falou que precisava operá-lo para descobrir a causa de seu mal. Fez-lhe um corte desde o pescoço até a cintura e fechou-o em seguida. Meu pai tinha um tumor enorme no pulmão e não resistiu à cirurgia... O médico disse que foi melhor assim, porque o coitado só iria sofrer, se não morresse logo...

A lembrança do senhor Antônio emudeceu-os. O pai de Petrúquio, que Hortênsio amava como a um tio, era um homem bom, de poucas palavras e muita ação, de poucos afetos e muita sinceridade. Vivia para o filho e para o trabalho, comia frugalmente, bebia com extrema moderação e nunca dera o menor sinal de fraqueza.

Só quando Valentina entrou na sala, levando-lhes uma bandeja de queijos e frutas, os dois amigos saíram de seu mutismo.

– E como espera fazer fortuna... ou melhor... ampliar seu patrimônio... aqui em Pádua? – o anfitrião perguntou ao hóspede.

– Arranjando uma esposa rica – o outro respondeu. – Já que chegou a hora de me casar para dar continuidade ao ilustre nome de meu pai, quero uma mulher que contribua para aumentar os bens que ele me deixou e não que me ajude simplesmente a dissipá-los.

Por alguns segundos Hortênsio limitou-se a fitá-lo, sem

dizer nada. Acabava de ocorrer-lhe uma ideia, que no entanto lhe parecia estapafúrdia demais.

– Ficou quieto de repente, meu caro – Petrúquio comentou. – Em que está pensando?

– Conheço uma jovem milionária, mas...

– Nem mas, nem meio mas! – o hóspede o interrompeu, empolgado com a perspectiva que já começava a vislumbrar. – Apresente-me a cobiçada milionária agora mesmo!

– Calma! Ela é muito rica, como você quer, só que tem um gênio in-fer-nal... Não acata ordens nem conselhos, não ouve ninguém, está sempre de cara amarrada, berrando com todo mundo, chutando o que encontra pela frente. Eu é que não vou apresentar aquela megera para um amigo... Lembra-se dos conselhos de seu pai?

Petrúquio se lembrava, sim. O velho Antônio sempre lhe dizia para não ter pressa em se casar, para escolher com a cabeça, e não com o coração, a mulher que haveria de ser sua companheira até o fim da vida. "Casamento é um passo muito sério", ele repetiu várias vezes. "Se escolher a moça errada, um homem estará destruído. Veja sua mãe, que Deus a tenha, e eu. Casamo-nos já maduros, com mais de trinta anos nas costas, e nos demos muito bem, até o dia em que ela passou desta para melhor. Pobrezinha... Era honesta e trabalhadeira, discreta e obediente... Tinha um único defeito, a coitada: só me deu um filho, apesar de pertencer a uma família famosa por suas grandes parideiras... Escolha uma boa parideira, meu filho, e fuja das mulheres mandonas..."

– Eu me pergunto às vezes se minha mãe sempre foi discreta e obediente, como meu pai dizia... – Petrúquio falou. – Será que nos primeiros tempos de casada ela não teria sido o contrário?

– Duvido! Se fosse o contrário, como iria mudar tanto?

– Sei lá... Deve haver maneiras de moldar uma criatura a nosso bel-prazer, como Pigmalião fez com Galateia...

– Galateia era uma estátua, e a história toda não passa de uma lenda muito confortadora... Quem nos dera poder imitar Pigmalião... – replicou Hortênsio. – Aceita um naco de queijo?

Petrúquio escolheu na bandeja um pedaço de asiago, o queijo de leite de vaca produzido na cidade de mesmo nome, e abocanhou-o, regando-o com um generoso gole de vinho.

– Mas, diga-me, quem é essa megera tão terrível que você não quer me apresentar? – perguntou.

– É Catarina Minola, filha do mercador Batista Minola, um cavalheiro muito afável e cortês, além de riquíssimo.

– Conheço esse cidadão, que já fez negócios com meu pai, porém nunca vi sua filha.

Hortênsio debruçou-se sobre a mesa e aproximou-se do amigo, como se fosse contar-lhe um segredo:

– Acho que ele gostaria de escondê-la do mundo, pois a moça é realmente de amargar...

– Muito feia, além de ranheta?

– Ao contrário, é belíssima! Talvez seja essa sua única qualidade...

– Então não relute mais, meu caro! Apresente-me a furiosa beldade e deixe o resto comigo! Vai ver que excelente Pigmalião hei de me revelar!

A ideia que ocorrera a Hortênsio momentos antes ganhara força ao longo da conversa e já não lhe parecia tão estapafúrdia. Petrúquio poderia ser a solução de seus problemas, pois, estando tão decidido a enfrentar o mau gênio de Catarina, abriria caminho para ele próprio cortejar sua bela Bianca. Estava certo de que a moça não resistiria a seus encantos e o preferiria a Grêmio, que afinal tinha idade bastante para ser pai dela.

– Está bem, lavo minhas mãos, como Pilatos. Já que você assim quer, eu o levo lá depois que esvaziarmos esta jarra de vinho – falou por fim. – Mas em troca você vai me fazer um imenso favor...

– Basta dizer!

– Trata-se do seguinte... Essa Catarina tem uma irmã caçula, uma pérola de criatura, chamada Bianca, pela qual estou irremediavelmente apaixonado. Acontece que o velho Batista, fiel à tradição, não me deixa cortejar Bianca enquanto Catarina não ficar noiva de um maluco como você, que esteja disposto a conviver com uma megera daquele quilate... Hoje mesmo Batista nos disse isso pela quinquagésima vez e...

– Nos disse?! – Petrúquio estranhou o uso do pronome no plural.

– É... além de mim, um tal de Grêmio, um velhote empertigado, também quer se casar com Bianca, mas não tem a mínima possibilidade... – Hortênsio despejou nos dois copos o resto do vinho e prosseguiu: – Como eu ia dizendo, Batista nos pediu que arranjássemos professores para as filhas. Ele acha que assim Bianca poderá distrair-se e aprimorar-se ainda mais e Catarina talvez se acalme um pouco, o que é bastante improvável. Como você conhece o velho e não precisa de apresentação, proponho que me leve lá e ofereça meus préstimos de professor. Posso dar aulas de música para as duas irmãs! Você sabe que sou bom tocador de alaúde, canto razoavelmente bem e não sou leigo em teoria musical! Enquanto você negocia o casamento com Batista e convence Catarina a dizer sim, eu cortejo Bianca e aumento meus pontos de vantagem em relação àquele tonto do Grêmio.

A proposta era curiosa e não custava nada aceitá-la. O máximo que poderia acontecer era Batista descobrir a farsa e botar Hortênsio para correr. Mas, se a essa altura Catarina já estivesse casada, o bom Hortênsio certamente seria perdoado.

– Tudo bem... Vamos lá! – Petrúquio declarou, tomando o último gole de vinho.

– Espere! Primeiro tenho de arrumar um disfarce de professor...

– Óculos na ponta do nariz, barba postiça, roupa velha...

– Óculos eu tenho os que eram de meu pai. Roupa velha também é fácil. Agora, a barba postiça...

– Espere sua própria barba crescer!

– Aaah!

Uma ajuda inesperada

Depois de revirar a casa inteira, Hortênsio finalmente encontrou os componentes de seu disfarce e, satisfeito com o resultado, saiu em companhia de Petrúquio. Quando apontou numa extremidade da praça onde Bianca morava, avistou no lado oposto Grêmio e um jovem envolto numa capa escura.

– Aquele é o velhote que pretende conquistar minha amada – cochichou para o amigo. – Cumprimente-o como se já o conhecesse e diga-lhe que vai levar à casa de Batista Minola o mestre de música que ele estava procurando...

Os dois caminharam mais alguns passos e se viram frente a frente com Grêmio e o forasteiro.

– Salve, ilustre senhor! – Petrúquio saudou o velhote. – Como tem passado?

– Hã... sim... salve! – o outro retribuiu, confuso. – Desculpe-me, mas eu o conheço de algum lugar, senhor?

– Petrúquio Pantino, seu criado – o veronês respondeu. – Sim e não...

– O quê??

– Meu pai, Antônio Pantino, distinto cidadão de Verona, falava-me muito do senhor... Dizia-me sempre que, se um dia viesse a Pádua, não deixasse de lhe fazer uma visita e apresentar-lhe meus respeitosos cumprimentos...

Lisonjeado com suas palavras, Grêmio estendeu-lhe a mão, pensando: "Nunca ouvi falar desse tal Antônio Pantino, cidadão distinto de Verona... Mas também um homem ilustre como eu não pode mesmo saber da existência de todos os seus admiradores..."

– Ah, seu pai... Como vai ele?

– Faleceu há quatro meses – o veronês respondeu, baixando a cabeça em sinal de respeito.

– Sinto muito – disse Grêmio, com um ar de fingida consternação.

– Vejo que se dirige à casa de Batista Minola – Petrúquio comentou após uma breve pausa.

O velhote olhou com desconfiança para o forasteiro que parecia saber tanta coisa a seu respeito e perguntou:

– Conhece Batista?

– Sim... Ele era amigo de meu pai...

– Ah... Pois estou indo para lá, com efeito. Batista é um grande amigo meu, apesar de ser bem mais velho que eu, e...

Ao ouvir isso, Hortênsio levou a mão à boca e fingiu um ataque de tosse para evitar um acesso de riso. "Nem Matusalém é bem mais velho que essa múmia", pensou.

– ... e pediu-me que lhe arrumasse um professor de idiomas e literatura para suas filhas – Grêmio prosseguiu, assim que a falsa tosse do rapaz lhe permitiu. – Por sorte encontrei este seminarista – informou, indicando Lucêncio, que, compenetrado de seu papel, fez uma humilde reverência ao visitante e manteve-se cabisbaixo e mudo. – Trata-se de um moço de boa educação e absoluta confiança, profundamente versado em latim e grego.

– Que coincidência! – Petrúquio exclamou. – Pois soube, por meio de meu amigo Hortênsio, que...

– *Seu* amigo Hortênsio? – interrompeu-o Grêmio, pasmo com a quantidade de pessoas que o veronês conhecia em Pádua. "De minha parte não conheço vivalma em Verona...", pensou, meio despeitado.

– Meu amigo de longa data... Mas, como eu ia dizendo, soube que o senhor Batista está procurando professor de música, e, também por sorte, encontrei este jovem, que já tocou alaúde e cantou madrigais na corte de muita gente importante, como os Medici de Florença, os Este de Ferrara, os Gonzaga de Mântua...

A menção de tantos nomes ilustres impressionou profundamente seu interlocutor, que vivia oscilando entre um alto apreço de si mesmo e uma enorme consideração pelo poder alheio.

– Puxa, é um currículo e tanto... – comentou.

– Se é! Vou levá-lo agora a Batista, que certamente há de contratá-lo, e aproveitar a oportunidade para conhecer minha futura esposa.

Dessa vez as palavras de Petrúquio o deixaram sem fala. Fitando-o com um ponto de interrogação estampado em cada olho, Grêmio gaguejava até em pensamento: "Ma-mas se-será que esse... esse fo-forasteiro de uma fi-figa vai que-querer se ca-casar com Bi-Bi-Bianca...?!"

Novamente Hortênsio se fingiu de resfriado para, com uma série de espirros forçados, evitar outro acesso de riso.

– E quem... quem é su-sua... noiva? – o velhote finalmente conseguiu perguntar.

– Catarina.

A declaração do veronês caiu como uma bomba na praça deserta. Lucêncio sentiu seu coração disparar, prestes a explodir de alegria, e teve vontade de correr para a casa de Bianca e declarar-lhe seu amor, mas fez um supremo esforço para mostrar-se impassível. Grêmio não só se livrou da gagueira momentânea, como também exultou, com a diferença de que pôde expressar seu contentamento e sua infinita surpresa.

– Vai, então, casar-se com a bela Catarina?

– Se ela me aceitar, sim...

– Mas conhece essa moça? Quero dizer, sabe que ela...?

– Oh, sei muito bem! Meu amigo Hortênsio me contou que ela é um pouco irascível...

– Um *pouco* irascível...? – o velhote se pôs a rir de tal modo que por pouco não engasgou. – Catarina é uma verdadeira megera!

– Mesmo que seja, não tenho medo de megera! – Petrúquio declarou, estufando o peito. – Sabe, meu distinto senhor, já naveguei por mares turbulentos, enfrentei furacões e tempestades, lutei com bravura em mais de um campo de batalha... Essa tal Catarina não há de ser mais furiosa que as ondas do oceano revolto em noites de tormenta, nem há de gritar mais alto que os estrondos dos canhões... Sou um homem experiente, velho de guerra...

Impressionados com tamanhos feitos, Grêmio e seu jovem acompanhante não encontraram palavras para expressar sua admiração.

Estavam os quatro parados, num breve momento de silêncio, quando Trânio apareceu na praça, ricamente trajado e mais perfumado que uma dama vaidosa.

– Com licença, cavalheiros, poderiam indicar-me a residência do senhor Batista Minola? – perguntou, em meio a muitas mesuras.

"Além de gastar todas as minhas loções e escolher minha melhor roupa, esse palhaço ainda vai pôr tudo a perder com tanto espalhafato", Lucêncio resmungou consigo mesmo, enquanto os outros três se voltavam para o recém-chegado, cada qual formulando mentalmente a mesma pergunta: "Quem é ele?"

Como se tivesse o dom de ler seus pensamentos, Trânio se apresentou, todo afetado, como achava que um verdadeiro fidalgo devia ser.

– Perdoem-me, não declinei meu nome. Chamo-me Lucêncio Bentivoli, cheguei hoje de Pisa e vou à casa do senhor Batista Minola pedir-lhe permissão para cortejar sua filha...

– Qual delas? – os quatro perguntaram em coro, quase saltando sobre o falso Lucêncio.

– Ora, qual... A doce, a linda, a deslumbrante, a magnífica Bianca... – o rapaz explicou, revirando os olhos exageradamente.

A custo os pretendentes da moça se contiveram, ao passo que Petrúquio se pôs a rir, aliviado.

– Boa sorte, meu jovem! – disse ele. – Espero que consiga seu intento.

Ao ouvi-lo, Hortênsio deu-lhe um violento pisão no pé, resmungando em seu ouvido: "Traidor!"

– Mas chegou hoje à cidade e já vai namorar Bianca? – Grêmio estranhou.

– Eu a conheço de nome há muito tempo – Trânio explicou. – Meu pai, Vicêncio Bentivoli, é um velho amigo do senhor Batista e sempre me disse que, quando eu resolvesse me casar, não poderia escolher ninguém melhor que a senhorita Bianca. E agora, senhores, podem me indicar a casa de minha futura esposa?

Dessa vez Grêmio não conseguiu refrear a indignação. Esticando o corpo magro na ponta dos pés, para colocar o rosto ossudo na mesma altura de seu novo rival, berrou:

– Bianca é *minha* noiva! E, além disso, o pai dela declarou novecentas mil vezes que só permitirá que Bianca se case depois que Catarina desencalhar...

– O que vai acontecer muito em breve, pois vou pedir sua mão em casamento – Petrúquio completou.

– Isso é ótimo! Então o caminho está livre...

– Para mim, seu fedelho, não para você! – Grêmio esbravejou, batendo com tanto ímpeto no peito que desencadeou um violento ataque de tosse.

Hortênsio aproveitou a oportunidade para aplicar-lhe uns cascudos nas costas, com o pretexto de fazê-lo desengasgar, e por pouco não levou seu amigo Petrúquio a soltar uma sonoríssima gargalhada. Em vez de rir, o veronês controlou-se o bastante para tentar apaziguar os ânimos:

– Deixe disso, bom velho! Há espaço para todos, e que Bianca faça sua escolha!

– Bravo senhor, tudo farei para favorecer sua união com Catarina – Trânio prometeu, estendendo a Petrúquio a mão envolta na mais fina luva de seu patrãozinho.

– Eu também! – declarou Grêmio, assim que se viu livre da tosse asfixiante.

O veronês apertou as duas mãos, a do jovem e a do velhote, e em sua companhia rumou para a casa de Batista Minola, seguido de perto pelos mestres de música e de idiomas, que se entreolhavam, meio desconfiados um do outro.

Os falsos professores

Sentada junto à lareira, numa saleta de seu suntuoso casarão, a bela Bianca lia um livro de poemas. As chamas lançavam reflexos dourados sobre seu rosto atento e sobre seus cabelos, que lhe caíam pelos ombros numa cascata de cachos macios como seda. Apenas o crepitar da lenha rompia o silêncio.

De repente, passos pesados se puseram a martelar a escada e se aproximaram. A porta da saleta se escancarou com um estrondo, e Catarina entrou.

"Lá se foi meu sossego", Bianca suspirou baixinho.

– Ufa, estou exausta! – Catarina reclamou, jogando-se na cadeira ao lado da irmã. – Enquanto você fica aí, sentada, lendo esse livro bobo, já fiscalizei todo o serviço dos empregados; são uns grandessíssimos preguiçosos, que só querem saber de comer e dormir! Bem que eu gostaria de despedi-los, todos, mas papai não me deixa livre para agir como se deve...

Bianca continuou com sua leitura, fingindo que não a ouvia. Todo dia era a mesma coisa: Catarina percorria a casa inteira, apoquentando os empregados com críticas descabidas: porque encontrou um vestígio de poeira num móvel, porque o piso não estava reluzente num canto, porque a carne posta de molho para assar não estava suficientemente condimentada, porque as plantas do pátio não receberam a quantidade de água adequada, porque... Se não havia motivo real, ela inventava. E às vezes até erguia a mão para distribuir tapas e safanões arbitrariamente, como se precisasse descarregar sua eterna fúria nos infelizes.

– Finalmente terminei meus afazeres... – Catarina suspirou. – Vamos conversar. Estou entediada, nesta casa nunca acontece nada de interessante.

– E sobre o que você quer conversar? – Bianca perguntou, fechando o livro. Sabia que de sua irmã não poderia esperar

exatamente uma conversa, mas sim um interrogatório, uma crítica mordaz ou um rosário de reclamações absurdas.

– Sobre seus pretendentes – a outra respondeu. – Com qual deles você vai se casar?

– Com nenhum – Bianca respondeu, abrindo novamente o livro para indicar que considerava o assunto encerrado.

Catarina ergueu o pé e com um violento chute arrancou-lhe o livro das mãos, jogando-o longe.

– Com um dos dois há de ser! – berrou. – Será com Hortênsio, talvez?

– Não, meu bem... Você pode ficar com ele, se o quiser...

– Para que eu haveria de querer aquele paspalho?

– Hortênsio é um bom rapaz... Educado, inteligente, bonito...

– Então por que você não o escolhe logo, se vê nele tantas qualidades?

– Porque ele não é o homem certo para mim.

– Como é que você sabe?

– Eu sei... Ainda está por chegar em minha vida aquele homem especial que há de fazer meu coração bater mais forte, que há de me deixar aflita se ele não chegar na hora marcada, que há de ocupar meus pensamentos quando estiver longe e receber minha contemplação quando estiver perto... – Bianca suspirou, os olhos brilhando de expectativa. – Sabe, eu acredito no amor...

– Amor... Deve ser uma palavra oca, sem pé nem cabeça, inventada pelos poetas... Não me imagino amando ninguém, revirando os olhos para a lua, como você e outras mocinhas bobas...

– Pois o amor é capaz de mover o mundo – Bianca sentenciou.

Foi o quanto bastou para a chama da raiva se reacender no íntimo de Catarina, que se levantou de um salto e investiu contra a irmã, de punhos cerrados, pronta para esmurrá-la.

– Não quero ouvir mais nada! – gritou.

Bianca se encolheu na cadeira, erguendo as mãos para proteger o rosto delicado, quando uma forte batida na porta da frente deteve no ar o gesto violento de Catarina.

Paradas, à espera, elas ouviram os passos arrastados de Rosalina, a criada, aproximarem-se da saleta para afastarem-se em seguida na direção da entrada da casa. Ouviram também o velho Batista deixar seu gabinete, situado ao lado do vestíbulo, e convidar os recém-chegados a entrar. Pelo vozerio e pelo movimento, devia estar recebendo uma verdadeira comitiva. Catarina voltou a sentar-se em sua cadeira, e Bianca se recompôs, alisando a saia com uma das mãos e ajeitando os cabelos com a outra. Instantes depois o anfitrião e os visitantes entraram na saleta.

– Minhas filhas, aqui estão seus mestres – Batista anunciou. – Este jovem é Câmbio, um seminarista que o senhor Grêmio teve a bondade de contratar para lhes dar aulas de língua e literatura.

Lucêncio deu um passo à frente e fez uma profunda reverência diante de cada uma das moças, que mal se dignaram a olhá-lo.

– E este outro – o mercador prosseguiu – é Lício, musicólogo e musicista que acaba de chegar a Pádua em companhia do senhor Petrúquio.

Esmerando-se para ser ainda mais cortês e respeitoso que seu suposto colega, Hortênsio curvou-se até quase tocar o joelho com a testa.

– Vão logo tomar suas aulas. Rosalina ficará com vocês. – Batista aguardou na porta da saleta até o pequeno grupo entrar na sala de estudos, situada mais ao fundo do palacete, e então voltou-se para seus visitantes: – Sentem-se, por favor!

– Trouxe estes livros para a senhorita Bianca – disse Grêmio, colocando sobre uma mesinha uma pequena pilha de volumes.

– E eu tomei a liberdade de trazer um alaúde novo para a senhorita Bianca – disse Trânio, depositando o instrumento ao lado dos livros.

– Como é mesmo seu nome? – Batista perguntou-lhe.

– Lucêncio, senhor! – Trânio respondeu, sem pestanejar. – Sou filho de Vicêncio Bentivoli, mercador de Pisa, e vim pedir sua permissão para cortejar a senhorita Bianca.

Silenciosamente o dono da casa mediu-o com os olhos dos pés à cabeça. Avaliou seu rico traje, suas botas de fino couro, suas luvas de camurça, seu chapéu de penacho e sobretudo sua grossa corrente de ouro, da qual pendia um medalhão. Parecia um bom partido, mas bons partidos realmente não faltavam a sua filha Bianca. Se ao menos surgisse algum maluco disposto a cortejar Catarina... Podia ser pobre, feio, torto, qualquer coisa, desde que fosse solteiro e não tivesse medo de casar-se com ela.

– Conheço a boa reputação de seu pai e lhe dou permissão, meu jovem – respondeu ao fim de sua avaliação. – No entanto, devo avisar que Bianca só poderá se casar depois de Catarina, minha primogênita.

– Para isso estou aqui! – Petrúquio exclamou.

Batista olhou-o com infinita surpresa. Pensava que o filho de Antônio Pantino estava ali só para fazer-lhe uma visita de cortesia, não para cortejar Catarina.

– A fama de sua primogênita já chegou a minha cidade – prosseguiu o veronês. – Tanto ouvi falar da beleza incomparável, da extrema doçura, da inteligência fulgurante, da encantadora modéstia de sua Catarina, que me apaixonei por ela antes mesmo de conhecê-la pessoalmente e decidi vir pedir-lhe sua mão em casamento...

O anfitrião coçou a cabeça, atordoado. Não conseguia acreditar no que ouvira e achava-se na obrigação de esclarecer o terrível engano do qual o forasteiro evidentemente fora vítima.

– Meu caro Petrúquio, lamento informar-lhe que minha Catarina não é bem o que lhe disseram... – falou por fim. – Bonita e inteligente ela é, sem sombra de dúvida, mas de doce e de modesta não tem nada... É uma verdadeira fera, uma megera, um horror...

– Talvez ela tenha um gênio difícil, porém sou um homem firme e experiente e saberei fazer com que se adapte a meu modo de ser – Petrúquio respondeu. – Só lamento não dispor de muito tempo para cortejá-la, pois tenho de cuidar dos negócios de meu falecido pai e não conto com a ajuda de ninguém. Por isso preciso me casar logo e voltar imediatamente para Verona.

– Poderá se casar quando quiser, desde que Catarina o aceite... – Batista declarou, acrescentando: – Mas depois não venha me dizer que não o avisei...

– Não haverá razão para isso... – Petrúquio garantiu-lhe.

Grêmio acompanhou o diálogo entre eles com o rosto radiante de esperança. Agora tinha a certeza de que conquistaria o coração de sua bela Bianca e em breve a tornaria sua esposa. Trânio, por sua vez, parabenizava mentalmente o patrãozinho que sem dúvida levaria a melhor sobre aquele pretendente decrépito e desenxabido.

Cabeça quebrada

Batista acabava de convidar seus visitantes para um rápido passeio pelo pomar, quando um barulho infernal fez o casarão estremecer. Gritos confusos, gemidos, coisas que caíam, porta que batia...

– Mas que diabos está acontecendo?! – o mercador resmungou.

A resposta a sua pergunta surgiu alguns segundos depois, quando Hortênsio apareceu na entrada da saleta, segurando a cabeça com as duas mãos e repetindo: "Ai, ai, ai...".

– Sente-se, meu amigo... – Grêmio segurou-o pelo braço e conduziu-o até a cadeira mais próxima.

– O que significa isso? – o dono da casa quis saber.

– Sua filha, senhor... Ai...

– Foi o que imaginei... – Batista suspirou, desacorçoado.

O fio de sangue que escorria pelo rosto mortalmente pálido do pobre rapaz preocupou Trânio, que se levantou de imediato e pediu ao mercador que providenciasse um pouco de salmoura e um pano limpo para cuidar daquele ferimento.

– Estou acostumado a tratar as esfoladuras de meu... de meu irmãozinho... – explicou com um sorriso maroto.

– Vou pedir a Rosalina que nos traga essas coisas e também um calmante que ela vive preparando para uns e outros – Batista informou, chamando em seguida a empregada, que se apresentou sem demora.

Instantes depois, Rosalina retornou com uma pequena bandeja, onde colocara uma tigela de salmoura, um pedaço de pano imaculadamente branco e um copo de água com mel. Trânio molhou o pano na salmoura, torceu-o ligeiramente e, com a precisão de um especialista, limpou o rosto de Hortênsio, que gemia sem parar. Repetiu a operação várias vezes e por fim, quando se deu por satisfeito, pediu ao rapaz que segurasse a compressa sobre o corte e o fez tomar alguns goles da água com mel.

– Vai acalmá-lo – explicou. – Agora conte...

– Primeiro toquei uma barcarola... Lá-lá-lá-lá-lá... Sabem qual é, não? Depois pedi à senhorita Bianca que a tocasse, e ela o fez lindamente... Então meu colega Câmbio foi passar uma tradução de um poema latino para a senhorita Bianca, lá no outro lado da sala, e pedi à senhorita Catarina que tocasse a mesma barcarola. Ela começou muito bem, mas no terceiro compasso errou uma nota. Delicadamente a corrigi: "Preste atenção, por favor... Aqui temos um lá, não um si bemol..." Ela repetiu o compasso e errou novamente; parece até que fez de propósito, só para me provocar...

– É bem possível... – Batista murmurou, balançando a cabeça.

– Novamente a corrigi, com toda a educação – prosseguiu Hortênsio, um pouco mais calmo e reconfortado –, e ela ficou simplesmente possessa. Agarrou o alaúde com as duas mãos e enfiou-o em minha cabeça, como se fosse um gorro, gritando sem parar: "Pilantra, reco-reco de feira, músico de meia-tigela, como se atreve a dizer que é professor? Você é um fracasso ambulante! Fora! Fora!" E me estapeou, e me chutou as canelas, e me empurrou para a porta. Eu mal consegui enxergar o caminho, com o alaúde cravado em minha testa, o sangue me obrigando a fechar os olhos! Foi horrível...

Enquanto Hortênsio descrevia a cena, Petrúquio se empolgava mais e mais, até que por fim desatou a rir alto, com gosto.

– Essa é a mulher que pedi a Deus! – exclamou quando o rapaz terminou de expor sua desventura. – Moça forte, robusta, de opinião firme! Ah, ela me encanta a cada momento!

Os outros quatro o fitavam, boquiabertos. Um único pensamento lhes passava pela cabeça: "Ele só pode ser louco!"

– Apresente-me logo essa criatura maravilhosa, por favor! – o veronês pediu a Batista.

– Seja feita sua vontade... – o mercador suspirou mais uma vez e, antes de sair da saleta para ir chamar a filha, disse a Hortênsio: – Fique tranquilo, mestre Lício. Não precisa mais dar aulas para a senhorita Catarina.

– Obrigado, senhor! – o rapaz exclamou, profundamente grato. – Com mais uma surra dessas eu seria um homem morto!

Depois que o dono da casa os deixou, Grêmio voltou-se para Petrúquio e perguntou-lhe:

– Tem certeza de que quer mesmo pedi-la em casamento?

– Ainda está em tempo de voltar atrás – Trânio ponderou.

– Não precisam se preocupar – respondeu Petrúquio. – Tenho um plano infalível para domar essa moça que vocês dizem ser uma megera!

– Ainda tem dúvida de que ela é uma megera? – Hortênsio resmungou, segurando a cabeça com as duas mãos.

O veronês apenas os olhou fixamente, com um sorriso nos lábios, e deu-lhes as costas. Precisava de mais alguns instantes para terminar de elaborar seu plano de doma e não podia desperdiçar sequer um segundo. "Se ela despejar sobre mim uma série de insultos, direi que não mereço tantos elogios", pensou. "Se ficar muda e emburrada, direi que seu silêncio é mais eloquente que todos os discursos dos doges venezianos. Se franzir a testa, furiosa, direi que nunca vi rosto mais plácido e radiante em toda a minha vida. Se recusar meu pedido de casamento, direi que não poderia me fazer mais feliz, concordando em ser minha esposa... Assim a deixarei confusa, sem saber se sou completamente maluco, ou se ela é que agiu ao contrário do que pretende..."

Conscientes de que nada poderiam fazer para dissuadi-lo e na verdade desejando que ele levasse adiante seu projeto de casar-se com Catarina, os outros três esperaram o anfitrião retornar e despediram-se, prometendo voltar logo mais, à noite, para jantar.

Estranhas sensações

A jovem que Batista Minola apresentou a Petrúquio tinha o porte altivo de uma rainha e a beleza impecável de uma ninfa. O elegante vestido de veludo bordô ressaltava-lhe o rosado natural das faces e dos lábios, ao mesmo tempo que contrastava com o branco do pescoço e das mãos. O rico colar de topázio combinava admiravelmente com seus faiscantes olhos cor de avelã, embora não brilhasse como eles.

– Não via a hora de conhecê-la pessoalmente, minha Cacá! – Petrúquio exclamou, aproximando-se para cumprimentá-la.

Mais que depressa a moça cruzou os braços, escondendo as mãos nas dobras das mangas, e esclareceu rispidamente:

– Meu nome é Catarina, caso o senhor ainda não saiba. Ninguém, absolutamente ninguém – frisou, empinando ainda mais o queixo –, tem permissão para me chamar de Cacá ou de qualquer outro apelido.

– Por que não, minha pombinha? É um apelido gracioso, delicado, doce como você...

Catarina fulminou-o com os olhos, sem lhe dar resposta, e se pôs a andar de um lado para o outro, como uma fera enjaulada. Seu pai lhe informara que ia apresentá-la a um pretendente, e a ideia de casar-se não lhe agradava nem um pouco. Para ela o casamento implicava submissão e, portanto, não era compatível com sua natureza independente e rebelde. Contudo tinha plena consciência de que estava empatando o futuro de Bianca e se enfurecia só de imaginar que passaria o resto da vida ouvindo o choramingo da irmã, que logo haveria de culpá-la por ter ficado solteirona.

– O senhor seu pai já deve ter-lhe dito por que estou aqui, não? – Petrúquio perguntou docemente.

– Disse que Vossa Senhoria quer se casar comigo... – ela resmungou.

– É realmente o que desejo, bela Cacá... Sou um sujeito honesto, rico, carinhoso... Posso fazê-la muito feliz...

Catarina se deteve no meio da saleta e fitou-o longamente. Algo lhe dizia que aquele homem não era igual às pessoas com as quais convivia. Ele não se deixava intimidar por seus maus modos, por seus olhares fulminantes, por suas palavras ríspidas... Parecia muito seguro de si, tratava-a com delicadeza e ao mesmo tempo demonstrava um temperamento firme e altivo como o dela. Ademais, era bonito, transpirava sensualidade por todos os poros, e exibia uma elegância natural, que o traje antiquado não empanava. Nunca na vida ela se deparara com um homem assim e sentia em seu íntimo uma perturbação nova, que não conseguia identificar e muito menos compreender.

– Pois já sou muito feliz, meu caro senhor – declarou finalmente. – Agradeço sua proposta, mas não tenho a mínima intenção de aceitá-la.

– Não diga isso, Cacá... Conceda-me ao menos uma oportunidade de mostrar-lhe meus sentimentos, minha capacidade de me dedicar a você de corpo e alma...

Petrúquio estendeu a mão e, sem lhe dar tempo de esquivar-se, tocou-lhe o rosto. Imediatamente Catarina virou a cabeça, como se uma chama tivesse ameaçado queimar-lhe a face.

– Não quero você! – gritou. – Vá embora!

– Cacá, meu bem...

– Não me chame de Cacá! Não me chame de meu bem!

Furiosa consigo mesma por não conseguir entender o motivo de sua agitação e mais furiosa ainda com o homem que lhe infundia sensações totalmente estranhas, Catarina recuou até a extremidade oposta da saleta e, vendo que ele a seguia, levou ao peito as mãos espalmadas, como se fossem um escudo.

– Não se aproxime! Vá embora! – berrou mais uma vez.

Sem lhe dar ouvidos, Petrúquio continuou avançando em sua direção, os braços estendidos.

– Cacá, aceite meu pedido...

– Um desconhecido, um pilantra que decerto só quer se apoderar de minha fortuna! É isso que você é! Pode ter enganado meu pai, que é um velho ingênuo e acredita em todo mundo, mas a mim você não engana! Com essa fala macia, com esse jeito sonso... Fora daqui! Já!

Sempre surdo a seus gritos, Petrúquio envolveu-a nos braços e inclinou a cabeça para beijá-la, mas então Catarina o empurrou com todas as suas forças e em seguida ergueu a mão para aplicar-lhe um sonoro tapa. Os olhos do veronês brilharam de excitação e de fúria, e ele também fez menção de retribuir o tabefe, mas desistiu e beijou-lhe os lábios trêmulos.

Nesse exato momento Batista entrou na saleta, para saber como estava o namoro. Ao ver a cena, concluiu, animado, que

finalmente surgira alguém capaz de domar a megera e que Bianca estava livre para receber as ofertas de seus vários pretendentes.

– Meu caro sogro, vamos nos casar no próximo domingo! – Petrúquio anunciou, sorridente.

– O quê? – Catarina rosnou. – Só se for por cima do meu cadáver...

Inabalável, o veronês enlaçou-a pelos ombros e explicou:

– Combinamos que, em público, ela me trataria sempre mal, reservando seu carinho para nossa intimidade... Sabe como é... A pobrezinha se esforçou muito para conquistar o prestígio de uma autêntica megera e agora não quer perdê-lo, só porque se apaixonou...

Engasgada com a própria raiva, Catarina nem sequer pôde lhe responder. Limitou-se a chutar-lhe o tornozelo e sair correndo da saleta, mais confusa que uma criança num campo de batalha.

– Ela é um doce... – Petrúquio comentou, anunciando em seguida: – Preciso partir, meu querido sogro, para cuidar dos preparativos. No próximo domingo, serei seu genro oficialmente e para sempre...

Os bens dos pretendentes

Naquela noite, Grêmio e Trânio compareceram pontualmente ao casarão da praça para jantar com seu sogro em potencial. Cada qual se trajou da maneira mais elegante possível, cobriu-se de anéis e correntes de ouro e perfumou-se com finíssimas essências. Dificilmente se encontrariam em toda Pádua homens mais bem vestidos ou de aparência mais rica.

Batista Minola foi abrir a porta pessoalmente e os conduziu à saleta, onde a lareira se mantinha acesa e uma bandeja de aperitivos os aguardava.

– Bianca pede desculpas por não poder participar do jantar – disse o dono da casa. – Ela está um pouco indisposta, depois de um dia tão cheio de peripécias... Quanto a Catarina, tampouco jantará conosco, pois precisa preparar-se para o casamento, que será no próximo domingo...

– É uma pena que a senhorita Bianca não possa nos fazer companhia... – Grêmio suspirou, visivelmente frustrado. Afinal, enfeitara-se como um pavão para ficar bonito aos olhos de sua amada.

– Realmente, é uma pena... – Trânio concordou, sem demonstrar a mínima convicção.

– Acho melhor que ela não esteja presente, pois devemos tratar de negócios – o mercador falou e, depois de servir a cada um dos hóspedes um cálice do bom vinho de Marsala e um delicioso croquete de ganso, sentou-se diante deles, as três cadeiras dispostas num triângulo. – Vou direto ao assunto, senhores. Quero saber o que podem oferecer a Bianca, já que, com relação a Catarina, finalmente estou tranquilo.

Pelo fato de ser o pretendente mais velho, Grêmio sentiu-se no direito de ser o primeiro a manifestar-se. Assim, tomou dois goles de vinho para limpar a garganta, empertigou-se todo e começou:

– Não pense que quero me gabar, senhor Batista, porém creio que deve dar preferência a minha pessoa, já que sou mais maduro e experiente que meus rivais. Conheço bem o mundo, cuidei de minha pobre mãe até ela morrer de pura velhice e sempre administrei minha fortuna com prudência e bom-senso.

Fingindo exaltar-se, mas estando na verdade muito calmo, pois afinal não pretendia casar-se com Bianca nem com moça nenhuma e só se encontrava ali por causa do plano desatinado que o patrãozinho concebera, Trânio interrompeu-o:

– Senhor Batista, permita-me dizer que seria uma loucura de sua parte conceder a mão da bela Bianca a um homem que tem idade para ser seu avô! Daqui a pouco essa múmia morre, e a pobrezinha fica viúva...

– Ponha-se em seu lugar, fedelho! – Grêmio esbravejou. – Não lhe ensinaram que deve respeitar os mais velhos? Que, quando uma pessoa fala, a outra deve esperar que termine para fazer qualquer comentário?

Ao dizer isso, levantou-se e ergueu a mão como se fosse esbofetear seu jovem rival. Trânio saltou da cadeira, mais ágil que um gato, e cerrou os punhos, pronto para revidar o golpe. Talvez tivessem chegado às vias de fato, se o dono da casa não interferisse:

– Calma, senhores, por favor! Não o leve a mal, meu caro amigo – pediu a Grêmio. – Os jovens são mesmo impetuosos, ainda mais hoje em dia, que os costumes parecem liberados de maneira geral... Continue sua exposição. E você, querido Lucêncio, aguarde sua vez de falar, por favor.

– Desculpe – Trânio murmurou, pensando que decerto havia exagerado em sua fingida reação.

Todos se sentaram novamente, e Grêmio tomou mais um trago de Marsala, antes de prosseguir:

– Como eu ia dizendo, quando fui brutalmente interrompido, sempre administrei minha fortuna com extremo bom-senso. Vossa Senhoria sabe que possuo uma bela casa na cidade, provida do que pode haver de melhor neste mundo de Deus.

– Pode ser, tirando o dono... – o falso Lucêncio resmungou.

Limitando-se a fuzilá-lo com os olhos, o velhote fingiu não ouvir seu comentário mordaz e continuou:

– Creio que nem sei de cor tudo o que tenho entre aquelas paredes... São tapetes forrando a casa inteira; móveis finíssimos, alguns ricamente marchetados, outros revestidos dos mais caros estofos; arcas e arcas repletas de roupas de cama, trajes suntuosos, cortinas, dosséis, almofadas, baixelas de ouro e prata, peças de porcelana e de vidro, vasilhas de estanho e de latão; cofres de marfim, que mesmo vazios valem uma fortuna, transbordando de moedas de ouro, pedras preciosas e joias das melhores procedências.

O minucioso relatório do suposto rival entediava Trânio de tal modo que ele soltou um ruidoso bocejo. Batista voltou-se para o jovem, repreendendo-o mudamente com uma expressão severa; Grêmio mais uma vez se limitou a lançar-lhe um olhar enraivecido e retomou o fio da meada:

– Além disso, sou proprietário de uma fazenda nos arredores de Pádua, onde tenho cem vacas leiteiras e cento e vinte bois gordos, um vinhedo considerável e um lagar que produz vinho suficiente para abastecer minha casa... aliás, um vinho esplêndido, se me permite acrescentar...

– Não só permito, como endosso, pois já tive a oportunidade de experimentá-lo – Batista respondeu, acrescentando: – Desculpe, meu caro, eu o interrompi...

– Já terminei meu inventário – o outro declarou.

– Ainda bem! – Trânio exclamou.

Esforçando-se para fingir que não se abalara com mais esse comentário grosseiro do suposto rival, o velhote concluiu:

– O senhor há de reconhecer que possuo um belo patrimônio, suficiente para garantir o conforto de Bianca até o fim da vida...

– Sem dúvida, é um belíssimo patrimônio... – Batista concordou, desalentado, torcendo intimamente para que o suposto Lucêncio conseguisse lhe apresentar um inventário mais imponente, pois não desejava ver sua filha casada com um homem tão idoso. – E você, meu rapaz, o que tem a oferecer? – perguntou a Trânio.

O jovem impostor pigarreou duas ou três vezes e iniciou o discurso que estivera ensaiando ao longo da exposição do rival de seu patrãozinho:

– De meu não tenho nada ainda, senhor. *A-in-da*, quero frisar bem. No entanto, quando meu querido pai passar desta para melhor... o que espero que demore muito a acontecer... serei riquíssimo, pois sou filho único, órfão de mãe e, portanto, herdeiro universal de Vicêncio Bentivoli. Terei então várias casas em Pisa... umas três ou quatro, não lembro bem o número... mais uma pensão anual bastante polpuda, proveniente de grandes extensões de terras férteis que meu pai possui nos campos ao redor de nossa cidade. Garanto ao senhor que só essa pensão dará para viver confortavelmente, eu diria até viver no luxo, mesmo que minha família cresça, como todos esperamos... – Trânio deu uma risadinha e voltou-se para Grêmio, perguntando-lhe num tom de pura provocação: – Sua fazenda nos arredores de Pádua também lhe permitiria levar uma vida de nababo?

O velhote hesitou, meio desanimado, mas, lembrando-se de uma propriedade que não lhe ocorrera mencionar, recobrou as esperanças e declarou, de queixo erguido:

– Minha fazenda, não, mas meu navio, que transporta mercadorias preciosas para grandes comerciantes da costa mediterrânea, sim!

– Ah, o senhor tem um navio... Só um? – O falso Lucêncio soltou uma gargalhada de desdém, que fez o verdadeiro pretendente corar como um tomate maduro. – Meu pai possui uma frota inteira, um total de dezessete embarcações, que não param de singrar o Mediterrâneo, o Adriático e até uma boa parte do Atlântico, transportando cargas valiosíssimas, que nem quero mencionar para não fazer o senhor se sentir ainda mais inferiorizado...

Os outros dois estavam pasmos, tentando calcular mentalmente o dinheiro produzido por uma frota mercante tão considerável. Quase que ouviam em sua imaginação o tilintar das autênticas moedas de ouro caindo nos cofres do rico Vicêncio.

Depois de algum tempo, quando conseguiu controlar o espanto, Batista Minola falou para o rapaz:

– Sem dúvida você tem condições de oferecer mais que nosso amigo Grêmio, porém só entrará na posse de toda essa riqueza quando seu pai falecer... Claro está que o senhor Vicêncio haverá de sustentar a nova família que você deseja constituir. No entanto... será que continuará sustentando a nora, se ela enviuvar sem ter-lhe dado netos?

Trânio levantou-se de um salto, como se tivesse levado um choque, e exclamou, assustado:

– Por favor, vire essa boca para lá! Eu acabei de completar vinte e dois anos!

– E há de viver muitos outros – o mercador procurou tranquilizá-lo. – Mas não podemos deixar de considerar a possibilidade, ainda que remota, de você morrer antes de seu pai... e antes de ter filhos...

Trânio se pôs a medir a saleta com seus passos, esforçando-se para afastar o medo e o nervosismo gerados pelo que lhe parecia um mau agouro.

– Perdeu a língua, pirralho? – Grêmio o provocou, sem esconder sua satisfação com o que considerava a derrota do rival.

No entanto, após alguns momentos de andança, o rapaz se sentiu suficientemente calmo para encontrar a resposta que haveria de contentar o possível futuro sogro de seu patrãozinho:

– Tenho a mais absoluta certeza de que meu pai não deixaria minha viúva no desamparo.

Batista não esperava ouvir outra coisa, porém queria algo mais que a palavra do pretendente.

– Acredito em você, meu rapaz, e partilho sua certeza – afirmou –, mas... já diziam os antigos romanos: *"verba volant, scripta manent"*, "as palavras voam, o que se escreve permanece" – sentenciou, tirando do fundo da memória a frase latina que decorara em seus tempos de estudante. – Vou lhe propor uma coisa: se seu pai concordar em assinar um documento, garantindo com todas as letras que minha filha Bianca será sua única herdeira, no caso de você morrer antes dele, ainda que não lhe deixe netos, então seu casamento poderá realizar-se no domingo seguinte ao de Catarina! Se não conseguir esse documento, Grêmio será o marido de Bianca...

"Xi, por essa o patrãozinho não esperava...", Trânio resmungou consigo mesmo. Estava cansado de saber que Vicêncio havia combinado o casamento do filho com a caçula de Baltasar Salarino, seu amigo, conterrâneo e colega. "Nunca que o velho vai deixar o patrãozinho se casar com outra moça... Preciso de um tempo para discutir o assunto com ele e descobrir um jeito de sair dessa enrascada...", pensou. E depois, ostentando uma segurança que estava longe de sentir, afirmou:

– Tudo bem! Vou pedir a meu pai que venha redigir esse documento. Só que, como ele anda sempre muito ocupado, viaja para lá e para cá, talvez não possa nos dar o prazer de sua visita já na próxima semana. Assim, acho melhor marcar o casamento para o segundo domingo depois do da senhorita Catarina...

Sua resposta agradou ao mercador, que o abraçou com carinho e, depois de enxugar uma lágrima indiscreta, conduziu os pretendentes à sala de jantar.

Enquanto comia, colocando todos os seus neurônios em ação para, ao mesmo tempo, acompanhar a conversa e encontrar um jeito de resolver a nova dificuldade, Trânio teve uma ideia que lhe pareceu mais "ge-ni-al" que a do patrãozinho: arranjar um falso pai, já que era um falso noivo...

Aula de latim

Batista Minola estava contente: enfim encontrara um homem suficientemente maduro para reconhecer as qualidades de Catarina e corajoso o bastante para enfrentar seu mau gênio. A moça tinha lá suas qualidades, não poderia negar: era inteligente, sincera, bonita, corajosa, saudável... Pena que não conseguia controlar o mau humor, a agressividade, o desejo de distribuir sopapos verbais e físicos em quem quer que a contrariasse.

"O bravo Petrúquio há de amansá-la...", o mercador suspirou, cheio de esperança.

No entanto, também estava triste, com o coração dividido ao meio: um lado luminoso e o outro sombrio, pois no domingo seguinte casaria a primogênita e logo entregaria a caçula a um de seus pretendentes. Então ficaria sozinho, e o casarão lhe pareceria grande demais. "Será que minhas filhas e meus genros se lembrarão de mim? Virão me visitar?", pensou. "Quem sabe, mais tarde, hão de trazer meus netinhos para me alegrar os olhos e o coração?"

– Patrão, patrão! Está dormindo?

A voz de Rosalina tirou-o de suas reflexões. Batista olhou-a como se estivesse retornando de uma longa viagem ou acabasse de acordar de um sono profundo.

– O que é? – perguntou.

– Os professores chegaram, patrão. Estão no vestíbulo.

– Leve-os para a sala de estudos e avise a senhorita Bianca.

– Sim, senhor.

Depois de fazer-lhe uma breve reverência, como era seu hábito ao longo de quase vinte anos, Rosalina o deixou sozinho.

Se ficasse ali, sentado no silêncio, olhando o fogo que ardia na lareira, ele certamente voltaria a mergulhar em seus pensamentos, dos quais muitos eram desagradáveis. "Melhor enfrentar o frio da rua que congelar meu coração com a ideia de viver nesta casa vazia", decidiu, dirigindo-se para a porta da ampla sala em que se encontrava. Nesse momento os falsos professores vinham entrando, conduzidos pela empregada.

– Bom dia, senhor Batista! – Hortênsio o cumprimentou respeitosamente, curvando a cabeça sobre o alaúde que trazia apertado ao peito.

– Bom dia, senhor Batista! – Lucêncio fez-lhe eco e, esmerando-se em ser mais respeitoso e cordial que o outro, bateu a testa na pilha de livros que carregava a duras penas.

– Bom dia, bom dia! – o velho respondeu, pedindo em seguida à empregada: – Traga minha capa.

– O senhor vai sair? – Rosalina quis saber.

– Vou, mas não demoro.

Rosalina levou os moços para a sala de estudos e num instante voltou para agasalhar muito bem o patrão, que a aguardava no vestíbulo. Depois que ele saiu, a criada foi tratar de seus afazeres, que não eram poucos. Ao passar pela sala de estudos, ouviu os professores discutindo acaloradamente.

– Não, senhor, o primeiro a dar aula sou eu! – dizia Lucêncio, ou melhor, "mestre Câmbio".

– Só porque o senhorzinho quer... – retrucou "mestre Lício", isto é, Hortênsio.

– Cale a boca, ignorante! Bem se vê que você não sabe nada de nada! Não sabe, para começo de conversa, que a música foi inventada para revigorar a mente cansada de estudar ou de enfrentar os aborrecimentos do dia a dia! Primeiro a literatura, depois a música... – Lucêncio sentenciou, depositando a pilha de livros sobre a mesa como se quisesse usá-la para esmagar a cabeça do rival.

– Nada disso! Primeiro a música, porque ela acalma e ilumina a mente, preparando-a para receber os ensinamentos das letras! – Hortênsio rebateu, brandindo o alaúde como se fosse uma arma.

Decidida a apartá-los, no caso de o bate-boca descambar numa briga de fato, Rosalina ficou parada na porta. Mas logo se afastou, sem precisar intervir, já que a bela Bianca, sempre sensata e doce, pôs fim àquela discussão infantil.

– Calma, senhores! – disse com sua voz macia. – Sou eu que tenho o privilégio de escolher quem vai me dar aula antes de quem... E, como penso da mesma forma que mestre Câmbio, quero começar pela literatura. Enquanto isso, mestre Lício, afine seu alaúde.

Os rapazes se entreolharam, um com ar de triunfo, o outro com uma expressão de raiva.

– O que vamos ler hoje? – a aluna perguntou ao professor de literatura, acomodando-se à cabeceira da vasta mesa.

Lucêncio sentou-se a seu lado, pegou o primeiro livro da pilha e abriu-o na página marcada por uma fita azul.

– Um texto de Ovídio – informou. – Poderia falar alguma coisa sobre esse autor, senhorita?

– Ovídio é um poeta latino, que nasceu no ano 43 antes de Cristo e morreu no exílio, pobrezinho, no ano 17 da era cristã.

Hortênsio, que estava amuado na outra ponta da mesa, afinando o instrumento com um ouvido nas notas e o outro na conversa do rival, intrometeu-se:

– Esse asno ensinou à senhorita que Ovídio era um pobrezinho? Pobrezinho por quê?

– Não foi mestre Câmbio que me ensinou isso, fui eu que cheguei a tal conclusão depois de ler uma biografia de Ovídio – Bianca respondeu e, sem dar tempo para qualquer um dos dois abrir a boca, explicou: – Tenho pena de Ovídio porque ele viveu oito anos no exílio, longe dos amigos, longe de Roma... Ninguém sabe por que o imperador Augusto o castigou com uma pena tão severa. Alguns estudiosos acham que foi porque Ovídio escreveu uns poemas que desagradaram ao soberano; outros pensam que foi por ele ter sido cúmplice dos escândalos de Júlia, filha de Augusto; e há os que atribuem a punição ao envolvimento do poeta numa trama política referente à sucessão imperial.

Empolgados com seus conhecimentos, os falsos professores a aplaudiram, deixando de lado suas birras, ao menos por um instante.

– Muito bem! – exclamaram ao mesmo tempo.

– Obrigada... – Bianca sorriu para ambos, orgulhosa de sua cultura, e depois perguntou a mestre Câmbio: – E qual foi o texto de Ovídio que o senhor escolheu?

Seu rosto estava tão próximo de Lucêncio e de tal forma iluminado pelo sorriso que o rapaz instintivamente se inclinou em sua direção, contemplando-o, extasiado. "Ah, esses olhos são minha perdição... Essa boca me derrete...", pensou.

Atento a tudo que se passava na extremidade oposta da mesa, Hortênsio remoía-se de ciúme e, para evitar que o rival cedesse à evidente tentação de beijar sua amada, gritou:

– Ei, não vai responder à pergunta da senhorita?

Como se saísse de um transe, o outro se aprumou, pigarreou e retomou seu papel de mestre, anunciando:

– Vamos ler a carta de Penélope, que está no livro *Heroides*. O que sabe sobre essa obra, senhorita?

– Sei que se compõe de vinte e uma cartas de amor que o poeta escreveu, mas atribuiu a heroínas verídicas ou mitológicas, como Dido, rainha de Cartago, Penélope, mulher de Ulisses, Fedra, esposa de Teseu, e muitas outras.

– Fantástico! – o falso Câmbio exclamou, aproximando-se novamente da aluna.

– Bravo! – aplaudiu o falso Lício, cortando logo no início a nova contemplação do rival.

– Obrigada, senhores... – Bianca tornou a agradecer, só que, em vez de congratular-se interiormente por haver dedicado aos estudos tanto tempo de seus poucos anos de vida, sentia-se confusa. A proximidade do mestre lhe inspirava um ardor desconhecido, delicioso e ao mesmo tempo aflitivo. "O que será isso?", perguntou-se mentalmente.

Percebendo sua confusão, Lucêncio vibrou de alegria e teve de se esforçar muito para não abraçá-la e declarar-lhe amor. Hortênsio, por seu turno, também notou a sutil alteração na expressão da jovem e ficou apavorado, sem saber o que fazer para impedir que o outro levasse a melhor.

– Ande logo com essa aula, mestre Câmbio – ordenou, consciente de que sua voz estava ligeiramente trêmula. – Também tenho um trabalho a cumprir!

Lucêncio o fitou, o ar de triunfo reforçado, e leu dois versos das *Heroides*, caprichando na pronúncia latina:

– *"Hic ibat Simois; hic est Sigeia tellus; Hic steterat Priami regia celsa senis"*. Pode traduzir, senhorita?

Bianca procurou concentrar sua atenção no texto, mas praticamente não via as letras que estavam diante de seus olhos e, após alguns segundos de silêncio, pediu num murmúrio:

– Traduza o senhor, por favor...

Era o que Lucêncio esperava para lhe expor o motivo de sua presença naquela casa, entremeando a leitura dos versos com sua sucinta explicação:

– "*Hic ibat*"... preciso lhe dizer... "*Simois*"... que sou Lucêncio Bentivoli... "*Hic est*"... e me disfarcei de professor... "*Sigeia tellus*"... para conquistar seu amor, "*Hic steterat*"..., o Lucêncio que a corteja... "*Priami*"... é meu criado, Trânio, "*Regia*"... trocamos de lugar, "*celsa senis*"... para enganar o velhote...

Hortênsio bem que se esforçou para ouvi-lo, mas, embora espichasse o pescoço e até parasse de respirar para não fazer o menor ruído, só conseguiu escutar as primeiras palavras latinas, pois o rival falava baixinho no ouvido da amada. Aflito, impaciente, anunciou, quase gritando:

– O alaúde está afinado!

Os outros o fitaram, parecendo surpreendidos com sua presença. Lucêncio teve vontade de subir na mesa e caminhar até a extremidade oposta para, com um pontapé, jogar o intrometido no chão e fazê-lo rolar de sala em sala até a porta da rua. Bianca limitou-se a ordenar a mestre Lício que tocasse alguma coisa para comprovar o que dizia e, apesar de ouvi-lo tirar do instrumento um acorde perfeito, reprovou-o:

– Não está bem afinado...

– Tem razão – Lucêncio concordou. – Afine de novo.

Rubro de raiva, o outro baixou a cabeça e obedeceu. Bianca aproveitou a interrupção para controlar suas emoções na medida do possível e dar uma boa resposta ao ousado farsante.

– Deixe-me ver se agora consigo traduzir... – disse em voz alta, mas logo passou a cochichar: – "*Hic ibat Simois*"... Não conheço o senhor... "*Hic est Sigeia tellus*"... não confio em sua pessoa... "*Hic steterat Priami*"... não quero que mestre Lício nos escute... "*Regia*"... não seja convencido... "*Celsa senis*"... mas tampouco perca as esperanças...

Os cochichos dos dois já haviam enervado suficientemente o pobre Hortênsio e este, mais uma vez, anunciou que acabara de afinar o alaúde.

– Então vamos a nossa aula de música – Bianca falou, contente por encerrar aquele colóquio perturbador. – O senhor pode sair, mestre Câmbio.

Hortênsio se dirigiu à outra ponta da mesa e, ao passar pelo rival, triunfalmente lhe mostrou a língua.

– Com sua permissão, senhorita Bianca, vou ficar para assistir a essa aula e só saio quando o professorzinho terminar – Lucêncio declarou.

– Pode ir saindo, mocinho! – Hortênsio protestou. – Minha aula não inclui trios, só música para ser executada a dois... *A dois*, entendeu bem?

– Por favor, cavalheiros! – Bianca pediu. – Mestre Câmbio, se quer ficar, vá sentar-se lá do outro lado da mesa – decidiu e, depois que Lucêncio pegou sua pilha de livros e foi acomodar-se no lugar indicado, perguntou a Hortênsio: – O que vamos tocar?

– Nada, por enquanto – ele respondeu, entregando-lhe uma folha de papel. – Antes de tocar qualquer coisa, peço-lhe que leia isto. É uma fórmula que inventei para facilitar o aprendizado da escala.

A princípio Bianca se surpreendeu. Queria um professor de música para ajudá-la a aprimorar-se e não para lhe ensinar o bê-á-bá. Será que seu pai não explicara isso a mestre Lício? Logo a surpresa cedeu lugar à irritação, e, sem se dar ao trabalho de escondê-la, ela retrucou:

– Já conheço bem a escala... Dó, ré, mi, fá...

– Sei que é excelente musicista – o rapaz interrompeu-a –, mas acrescentei algumas novidades à escala tradicional e gostaria de mostrá-las à senhorita... Veja como deste jeito as notas se enriquecem, ficam cheias de emoção, vibram...

Suas palavras despertaram-lhe uma curiosidade tão forte que superou a raiva e a fez abrir a folha de papel, na qual leu:

– Dó. Tenha dó deste pobre apaixonado.
Ré. As rédeas de seu carinho solte.
Mi. Uma migalha de seu amor conceda-me.
Fá. Sua face preciosa volte para mim.

Sol. De meus sólitos grilhões liberte-me.

Lá. As lágrimas de meus olhos tristes estanque.

Si. Rompa o silêncio que me atormenta.

Sem saber se caía na gargalhada ou se picava o papel em mil pedaços e os atirava na cara de Hortênsio, Bianca ficou quieta por alguns segundos. Não queria ser indelicada, mas nesse momento desejou que o gênio de Catarina se manifestasse por meio dela para despachar o atrevido com o justo rigor. Fitando, porém, o rosto ansioso do rapaz, que aguardava seus comentários, Bianca se comoveu. "O pobrezinho me ama... não posso magoá-lo", pensou. "Mas tampouco posso dizer qualquer palavra que lhe permita acalentar esperanças. O que fazer?" Estava nesse dilema, quando providencialmente ouviu a voz de Rosalina:

– Senhorita!

Mal contendo um suspiro de alívio, Bianca voltou-se para a porta:

– Sim?...

– Seu pai chegou e deseja falar com a senhorita.

– Estou indo.

A empregada afastou-se, e a moça despediu-se dos professores. Lucêncio abraçou sua pilha de livros e, sem dirigir ao rival sequer um gesto ou um olhar, saiu da saleta e ganhou a rua.

Hortênsio aproximou-se da janela e ficou observando-o. "Sujeitinho arrogante...", murmurou consigo mesmo. "Não sei o que ele tem que eu não tenho... Pois vou dizer uma coisa..." Olhou em torno, meio decepcionado por não encontrar ninguém a quem pudesse dizer a tal coisa. Não que pretendesse revelar seus pensamentos, mas, se houvesse ali uma planta, um passarinho, um cachorro, gostaria de confiar-lhe o que se passava em sua cabeça. Na falta de uma criatura viva com quem pudesse compartilhar sua ideia, mirou seu vago reflexo na vidraça embaçada pelo frio e resmungou: "Se Bianca é tão boba que consegue se apaixonar por um fedelho fútil e pretensioso como esse tal mestre Câmbio, então quem não quer mais saber dela sou eu!"

Cerimônia de casamento

Flâmulas brancas, cada qual exibindo no centro o brasão dos Minola, bordado em azul e dourado, pendiam das sacadas do casarão. Guirlandas de flores e frutos adornavam a porta de carvalho, junto à qual se postavam dois criados tiritando de frio sob o luxuoso uniforme. Imensos castiçais e candelabros sustentavam grossas velas que iluminavam a casa inteira, de uma ponta a outra, do térreo ao sótão.

Em todos os salões reluziam baixelas de ouro e prata dispostas sobre mesas e aparadores. Flores verdadeiras e artificiais enchiam vasos e vasos de autêntica porcelana chinesa e de maiólica toscana, desprendendo um perfume suave, que se misturava às apetitosas fragrâncias provenientes da cozinha, onde um batalhão de empregadas se dedicava a preparar assados e massas, pães e bolos, bebidas e doces.

Os convidados se distribuíam pela casa, alguns mais íntimos chegando a aventurar-se até a cozinha para descobrir o que haveriam de comer no grande almoço comemorativo. Todos exibiam trajes suntuosos, sedas reluzentes e peles caras, chapéus e toucados dos mais sóbrios aos mais extravagantes, plumas e laços, correntes e colares, anéis e medalhões. Ouro, pérolas, rubis, diamantes, prata, esmeraldas resplandeciam à luz das velas e das chamas que ardiam nas diversas lareiras.

Risos e vozes enchiam o espaço interno, extravasavam pela porta aberta, pairavam na praça, difundindo o clima de festa entre os transeuntes e até mesmo entre os mendigos, que se apinhavam nas vizinhanças do palacete para observar o desfile dos ricaços, assistir, ainda que de longe, ao cortejo nupcial e saborear as sobras do banquete.

Dos parentes aos serviçais, dos convidados aos curiosos, todos estavam prontos para acompanhar os nubentes até a basílica de Santo Antônio, a majestosa construção onde repousavam os restos mortais do frade português que falecera em Arcella, localidade próxima de Pádua, no longínquo ano de 1231. Para iniciar-se o cortejo faltava apenas uma pessoa: o noivo.

A princípio o atraso de Petrúquio afligia basicamente a pequena família Minola e os pretendentes de Bianca. Grêmio e seus jovens rivais olhavam a todo instante pela janela, ansiosos; se o veronês não aparecesse, adeus esperanças de conquistar a mão da doce donzela! Bianca, por sua vez, apavorava-se ao imaginar que o futuro cunhado tivesse sido morto por assaltantes ou tivesse desistido de casar-se, obrigando-a, assim, a permanecer solteira. Arrastando pelo assoalho a cauda de seu belo vestido de brocado, Catarina caminhava de um lado para o outro, sem parar de resmungar.

– Calma, senhorita! – pediu-lhe Trânio, começando a enervar-se com tanta agitação. – Ele virá, tenho certeza...

– Aquele calhorda... Primeiro, aparece aqui sem mais nem menos, me faz a corte às pressas, como se estivesse fugindo da justiça, pede minha mão em casamento, sem nunca ter-me visto mais gorda ou mais magra, diz que vai tratar dos preparativos e... some! Como quer que eu me acalme, senhor Lucêncio? Não tenho a mínima vontade de me casar com aquele energúmeno, mas também não quero que me apontem na rua como a coitada da noiva abandonada ao pé do altar! Que ódio!

O falso Lucêncio argumentou que Petrúquio não havia de ser homem capaz de faltar com a palavra, porém Catarina já se afastava, retomando sua andança pelos salões. Parecia que um exército de formigas lhe picava os pés e um enxame de vespas lhe aferroava o rosto.

Seu velho pai tampouco conseguia ficar parado, com a diferença de que se esforçava ao extremo para conversar normalmente com os convidados e esconder sua preocupação. "E se me enganei?", pensava, já arrependido de ter dado a mão de Catarina ao forasteiro. "Não, Petrúquio é um homem sério, filho de um cidadão honrado... E se não for como o pai? Se for um vigarista, com mulher e filhos em Verona? Catarina há de ficar uma fúria pior do que já é, e com toda a razão... Bianca não poderá casar-se tão cedo... E eu, santo Deus, eu hei de passar a maior vergonha de minha vida... O padre, o sacristão, os músicos, todos lá, esperando no altar... os convidados aqui... e eu fazendo papel de bobo!"

Uma extraordinária capacidade de controlar-se permitia-lhe manter uma aparência quase tranquila e não demonstrar claramente o que lhe passava pela cabeça. No entanto um clima de apreensão começava a instalar-se. Um invisível ponto de interrogação pouco a pouco se formava no ambiente e ameaçava silenciar os risos e as conversas.

Com habilidade e finura, Batista conseguiu esgueirar-se por entre a elegante multidão que lotava o palacete e ir até a cozinha. O trajeto, que em circunstâncias normais não demandaria mais que alguns segundos, demorou bem uma meia hora, pois cá e lá o anfitrião se via forçado a parar para trocar uma palavra com seus convidados. Por fim, encontrou-se frente a frente com Rosalina e levou-a para um canto da despensa, longe de olhares e ouvidos curiosos.

– Saia discretamente e dê uma volta por aí para ver se o noivo está chegando – ordenou-lhe.

A fiel empregada obedeceu de imediato, enquanto o patrão se sentava num banco duro para esperar seu retorno. "Onde será que aquele sacripanta se meteu?", perguntava-se, esfregando as mãos suadas. "A essa altura todo mundo já deve ter percebido que alguma coisa vai mal, vai muito mal! Acho que não tenho mais coragem de encarar os convidados... Que papelão!"

Em sua aflição, pareceu-lhe que Rosalina estava demorando uma eternidade para voltar, mas, na verdade, ela chegou ao cabo de alguns minutos e pela expressão alarmada de seu rosto demonstrava que trazia uma informação arrasadora.

– O noivo vem vindo, patrão – cochichou-lhe a empregada, ofegante –, só que num estado horroroso!

– Como assim?

Rosalina aprumou o corpo e procurou retomar o fôlego para descrever o que tinha visto:

– Eu ia subindo a rua, quando vi o senhor Petrúquio dobrar a esquina com aquele criado dele, o tal de Grúmio, que mais parece um saco ambulante, vestido todinho de estopa, dos pés à cabeça, montado numa mula capenga!

Num movimento quase instintivo de espanto, as duas mãos de Batista se juntaram, palma com palma, como se ele fosse rezar. Sua boca se abriu e deixou sair um "Santo Deus!" rouco e abafado, que pareceu vir do fundo de suas entranhas.

– O genro do senhor vem montado num pangaré que nem merece o nome de cavalo... – Rosalina prosseguiu. – O coitado não anda, se arrasta... Por isso é que o noivo nunca chega... deve ter saído de Verona há uma semana... O pangaré é tão magro que só tem mesmo pele e osso. Acho que para tentar disfarçar a magreza e decerto esconder a falta de pelo, a sarna, a bicheira e sei lá mais o quê, o senhor Petrúquio vestiu o cavalo com uma manta, só que foi pior a emenda que o soneto, porque a tal manta, que deve ter sido vermelha algum dia, está desbotada e cheia de rasgões...

As mãos postas de Batista se separaram, trêmulas, e, enquanto uma lhe enxugava o suor da testa, a outra se estendia até a beira da mesa para pegar uma caneca que ali se encontrava. Sem que o mercador precisasse dizer uma palavra, a criada apanhou um jarro e encheu-lhe a caneca de vinho, que ele tomou nervosamente, derramando algumas gotas pelos cantos da boca.

– Quer que eu pare por aqui, patrão? – Rosalina perguntou, receando já que a continuação de seu relato fosse causar uma desgraça.

– Não – o velho murmurou, entregando-lhe a caneca vazia.

– O senhor Petrúquio usa um chapéu redondo, sem aba, mas com um penacho arrepiado que talvez ficasse melhor num palhaço... – Rosalina continuou. – A capa deve ter sido do bisavô dele... não consegui nem saber de que cor é, tão ruça que está! Os calções têm uma perna azul e outra amarela, como os daqueles saltimbancos que aparecem por aqui de vez em quando. As botas... Xi!, as botas são um caso sério...

Batista franziu ainda mais a testa, a tal ponto que as sobrancelhas quase se encontraram no alto do nariz. Sua boca reduziu-se a um risco tenso, crispado, e suas mãos se torciam uma contra a outra. O suor corria-lhe solto pelo rosto, e ele já nem se dava ao trabalho de enxugá-lo.

– Uma é cor de mostarda, comprida até a barriga da perna e fechada com fivelas. A outra é preta, alta até o joelho e amarrada com barbante...

– Oh, não! – o mercador exclamou.

– E ainda tem a espada, patrão! Minha nossa! A espada é uma ferrugem só e não tem nem bainha nem punho... decerto saiu do lixão do arsenal!

– Mais alguma coisa estapafúrdia?

– Acho que não...

Arrasado com o que acabara de ouvir, o senhor Minola precisou de toda a sua força de vontade para levantar-se daquele banco, lavar o rosto na água gelada de uma bacia que avistou sobre a mesa e voltar para a sala, onde o noivo deveria entrar a qualquer momento. "Por que ele resolveu agir dessa forma?", perguntava-se, tão perplexo quanto aborrecido.

Mal chegou ao salão onde os convidados se aglomeravam, o noivo escancarou a porta da frente com um estrondo que paralisou todo mundo: quem estava mastigando, parou com a bochecha estufada; quem estava falando, ficou mudo, de boca aberta; quem estava gesticulando, imobilizou-se como uma estátua.

– Pensaram que eu não vinha, não é, seus palermas?

Ninguém se mexeu, ninguém ousou dizer "a", nem mesmo o dono da casa, que parecia simplesmente petrificado.

O noivo entrou, martelando o assoalho com os tacões de suas botas, cada qual de uma altura, e dirigiu-se à mesa. Com os modos de um javali faminto, agarrou um punhado dos diversos petiscos destinados a entreter os mais gulosos e devorou-os ruidosamente. Depois se apoderou de uma jarra, ergueu-a e do alto despejou o vinho na boca, derramando-o pelo queixo abaixo e pela capa desbotada. Por fim soltou um arroto absolutamente execrável e bateu palmas, chamando:

– Vamos lá, pessoal! Vamos fazer logo esse casório que sou um homem ocupado, não tenho tempo a perder!

Só então Batista saiu de seu torpor, ou pelo menos emergiu desse estado o suficiente para sugerir timidamente que o genro trocasse de roupa.

– Se nenhum traje do senhor Minola lhe servir, ofereço-lhe os meus – disse Trânio.

– Eu também – Grêmio acrescentou.

Mostrando-se muito espantado com a sugestão e as ofertas, Petrúquio pronunciou um pequeno discurso:

– Para que trocar de roupa? O hábito não faz o monge, senhores. Ninguém se torna melhor ou pior em função do traje que veste. O rei continua sendo rei, mesmo que resolva se cobrir com os farrapos do mendigo, e o ladrão não se torna um homem honesto só porque se apresenta trajado como um digno fidalgo... A roupa é apenas um invólucro que nos protege do frio e da chuva e nos cobre o corpo, para que não saiamos por aí exibindo nossa intimidade. Portanto, Cacá vai se casar comigo, não com meu traje... Por falar nisso, onde ela está?

A barulheira que o noivo fizera ao chegar levou Catarina a interromper sua enésima caminhada pelo palacete e voltar ao salão principal; o majestoso vestido branco ressaltando ainda mais, pelo contraste, a indumentária ridícula do veronês.

– Não me caso com um homem que se apresenta desse jeito – ela declarou.

– Ah, casa, sim!

Com dois passos Petrúquio aproximou-se, levantou-a pela cintura e jogou-a sobre seu ombro, como se ela fosse um saco de farinha. Catarina esperneou, chutando-lhe a coxa, e esmurrou-o nas costas, mas seus golpes não surtiram nenhum efeito. Calmamente o noivo chamou o sogro, a cunhada e a multidão dos convidados para acompanhá-lo e saiu, tomando o rumo da igreja.

Nunca se viu em lugar nenhum do mundo um cortejo nupcial tão estranho. Petrúquio na frente, carregando Catarina, que não parava de gritar e de golpeá-lo como podia. Batista Minola logo atrás, enxugando o suor que, apesar do frio, não parava de escorrer por suas faces coradas. Bianca chorando de vergonha ao lado do pai, seguida de perto por Grêmio, atrás do qual se enfileiravam desordenadamente os demais convidados, cada um mais escandalizado que o outro. Fechando o cortejo, na companhia dos empregados, estavam os falsos professores de música e de literatura. "Eis aí o homem que vai colocar cabresto nessa megera", pensava Hortênsio. "Eu nunca seria capaz de tratar uma mulher desse jeito", pensava Lucêncio.

Trânio espertamente se escondera numa esquina e, quando o patrãozinho passou, agarrou-o pelo braço e puxou-o para fora da fila, sem que Hortênsio percebesse a manobra.

– Precisamos arrumar um pai urgentemente – cochichou-lhe.

– Hein...? – Lucêncio quase gritou.

– Batista concorda em me, quer dizer, *lhe* conceder a mão de Bianca desde que meu pai, ou melhor, *seu* pai assine um documento, comprometendo-se a passar minha... isto é, *sua* parte da herança para Bianca, no caso de eu... ou melhor, *você* morrer antes dela – Trânio explicou apressadamente. – E eu garanti que meu... nosso... sei lá, o pai venha aqui assinar o tal papel. E ainda falei que ele podia marcar o casamento para o segundo domingo depois deste...

– E só agora é que você me diz isso?

– Pois se ultimamente não tenho tido o prazer de encontrar Vossa Senhoria... Quando acordo de manhã, você já saiu para dar aula ou para vigiar os outros pretendentes. Quando você volta para a hospedaria, eu estou saindo para jantar em casa de meu, ou melhor, *seu* sogro, e chego depois que você já pegou no sono...

O patrãozinho olhou para o criado, olhou para o cortejo que se afastava rapidamente e suspirou, desalentado:

– É muita coisa para uma cabeça só...

– Duas... – Trânio corrigiu, com um sorriso que ratificava sua cumplicidade.

A correção fez Lucêncio sorrir também, lembrando-o de que não estava sozinho naquela história maluca.

– Eu sei – ele respondeu, apertando a mão enluvada do amigo. – Mas você não acha que foi muito ousado em garantir que o tal pai venha aqui?

– E eu tinha outra saída?

– Parece que não...

– Agora é tratar de procurar um forasteiro velho que a gente consiga convencer a se passar por pai... Alguém que nunca tenha botado os pés aqui em Pádua.

– Não vai ser nada fácil... – Lucêncio murmurou.

– Tampouco será impossível. Ou você prefere convidar o senhor Vicêncio para assinar a tal declaração?

– Nem em sonho!

– Então, amanhã mesmo começamos a procurar. E agora...

O estrondo da porta da igreja, que Petrúquio acabava de abrir com um vigoroso pontapé, ecoou pela rua até a esquina onde os dois jovens se encontravam, interrompendo a frase de Trânio. Dispostos a não perder um só detalhe da cerimônia, que prometia ser no mínimo bizarra, eles saíram correndo e deixaram o assunto pendente.

Quando entraram na igreja, Petrúquio acabava de colocar Catarina no chão. Com o vestido todo amarfanhado, o véu pendendo para um lado do rosto, o penteado desfeito, a noiva era a própria imagem da desolação, enquanto o noivo sorria com uma expressão de louco fugido do hospício. O sacristão, boquiaberto, contemplava a cena, enquanto os músicos, atarantados, tocavam em total desarmonia.

Tentando aparentar serenidade, o padre abriu o livro que trazia nas mãos e começou a ler o texto da cerimônia, escrito em latim. Não pôde terminá-lo, porém, pois o noivo, demonstrando irritação e impaciência, berrou:

– Não estou entendendo nada desse palavreado! Fale língua de gente, homem!

Assustado, o sacerdote escancarou a boca e largou o livro, que caiu no chão com um baque surdo. Ao abaixar-se para pegá-lo, recebeu na nuca uma palmada tão forte que rolou pelos degraus do altar, gemendo em latim e segurando os óculos.

– Não quero me casar com você, seu animal! – Catarina gritou, fazendo menção de dar meia-volta e sair da igreja.

Mais rápido que ela, Petrúquio segurou-a firmemente pelo cotovelo, obrigando-a a permanecer em seu lugar, e aguardou o prosseguimento da cerimônia.

O padre levantou-se, com a ajuda do sacristão, ajeitou os óculos que se haviam entortado irremediavelmente e tratou de concluir sua leitura o mais depressa possível. Quando por fim pronunciou a frase que tornou Catarina e Petrúquio marido e mulher, respirou, aliviado.

Depois de beijar a noiva com um estalo que ecoou na igreja e arrancou exclamações escandalizadas de todos os presentes, Petrúquio conduziu-a apressadamente para a porta, dizendo-lhe:

– Vamos, Cacá! Temos uma longa viagem pela frente!

– Lon-lon-ga vi-viagem...? – ela gaguejou.

– Mas... e a festa... o banquete? – Batista perguntou.

– Façam bom proveito! Nós vamos festejar em nossa casa! Daqui a duas semanas voltamos para o casamento de Bianca!

Acenando alegremente para o padre, o sogro e os convidados, o veronês deixou a igreja com sua esposa. Grúmio já o esperava na porta, com as montarias a postos. Catarina ainda tentou livrar-se do marido e correr para a casa do pai; o estômago roncava-lhe de fome, pois na expectativa do que chamava de "seu sacrifício" não havia comido nada desde que acordara. Sem se deixar abalar, Petrúquio acomodou-a na sela do pangaré, montou em seguida e, segurando-a fortemente pela cintura, rumou para a estrada. O criado instalou-se no lombo da mula e acompanhou-os, disposto a não perder um só detalhe da longa viagem que estavam iniciando.

Lar, doce lar

A manhã chegava ao fim quando a pequena comitiva ganhou a estrada que levava de Pádua a Verona. Apesar do frio intenso, o sol brilhava fracamente no azul desbotado de um céu sem nuvens. A chuva, que caíra sem parar durante toda a semana, enfim havia cessado, e a temperatura se elevara em alguns graus.

De quando em quando os viajantes cruzavam com um ou outro camponês que se dirigiam para casa ou para o mercado, levando nas costas um fardo de feno ou um saco de legumes. E, nos campos que se estendiam de ambos os lados da estrada, avistavam cá e lá uma casinha com a chaminé fumegante, as roupas estendidas em toscos varais, os porcos fuçando o chão à cata de alimento.

Alheia à paisagem e aos poucos transeuntes, Catarina se debatia na sela do pangaré, lutando em vão para libertar-se do braço de Petrúquio. Ao sentir o cheiro de comida desprendendo-se das raras chaminés, contorcia-se com mais força, esmurrava o pescoço do cavalo, batia-lhe no flanco com os pés e aplicava cabeçadas no peito do marido. Porém, tudo o que conseguia era retardar ainda mais a marcha lenta da montaria e instigar Petrúquio a segurá-la com maior firmeza.

Enquanto ela se estrebuchava, ele cantava a plenos pulmões, afugentando os pássaros pousados nos ciprestes do caminho. Distante alguns metros, Grúmio mastigava ruidosamente um pedaço de pão e a gorda fatia de carne que conseguira surrupiar da cozinha do palacete e se divertia com a luta inútil da patroa.

Cavalgaram dessa forma durante algumas horas, sem descanso, até avistarem, ao longe, os muros de Verona. Então Petrúquio encerrou sua cantoria e resolveu instruir Catarina sobre a bela cidade onde ela iria morar até o fim da vida.

– Sabe, minha Cacá, tenho muito orgulho de ser veronês, e você também haverá de se orgulhar por ter se tornado cidadã de Verona.

– Ah – fez ela, cansada de se debater sem o menor sucesso, morta de fome, tiritando de frio, apesar do grosso manto de lã que abrigava o casal.

– Dizem que minha cidade é uma das mais lindas da península Itálica, porém a considero a mais linda do mundo...

– Depois de Pádua... – Catarina corrigiu.

– Não me interrompa! Quando o marido fala, a mulher se cala e escuta.

– E por quê?

– Porque é assim desde que o mundo existe – Petrúquio sentenciou e imediatamente deu início a sua pequena aula de história: – Verona foi fundada no quarto século antes de Cristo e, como Pádua, pertenceu ao Império Romano e foi devastada pelos bárbaros. Sofreu muita dominação estrangeira, até que conseguiu se tornar uma república independente, nos idos do século X. Mas não pôde preservar sua autonomia por muito tempo, apesar de que sempre lutou para defender sua liberdade. Agora estamos sob o tacão de Veneza, como vocês, paduanos, desde o ano de 1405. Sabe-se lá até quando aqueles malditos venezianos vão nos dominar... Eles se consideram os donos do mundo...

Catarina teve vontade de expressar sua absoluta concordância com o que o marido acabara de dizer. Também achava que os venezianos eram arrogantes demais, possessivos demais, ambiciosos demais. No entanto, não queria dar o braço a torcer, não queria mostrar a Petrúquio que partilhava de sua opinião sobre esse ou qualquer outro assunto que porventura ele abordasse. Assim, manteve-se no silêncio que só quebrava de quando em quando com um gemido, uma exclamação abafada, um resmungo.

– Eles nos sufocam e nos exploram – Petrúquio continuou, deixando de lado a aula de história para extravasar a raiva que a poderosa república de Veneza lhe inspirava –, mas nunca conseguiram eliminar nosso orgulho, nem quebrar nossa fibra. Um dia ainda vamos nos livrar deles! E então daremos uma festa como nunca se viu no mundo... Nossa velha Arena, herança dos romanos, vai se encher de veroneses felizes, cantando e dançando... de preferência sobre uma boa multidão de venezianos mortos...

Nesse momento, um javali saiu correndo da mata que se estendia de um lado da estrada e passou rente ao cavalo do casal. Um barulhento bando de caçadores apareceu em seguida, disparando contra o animal sem acertar-lhe nenhum tiro. O incidente assustou o pangaré, que, depois de soltar um relincho de pavor, simplesmente empacou.

Grúmio apeou-se da mula, ainda mastigando um resto de pão, e tentou convencer o cavalo a continuar a viagem. Primeiro o acariciou no focinho e falou-lhe como um pai que procura incentivar o filho a realizar uma tarefa penosa, porém necessária. Não obtendo o resultado desejado, recorreu à tática da intimidação: com a testa franzida numa expressão de raiva que pretendia ser ameaçadora, ordenou, aos gritos, que o animal se pusesse em movimento. Comprovada a ineficácia dessa tática, só lhe restava puxar o cavalo pelas rédeas com toda a sua força. Grúmio coçou a cabeça, arregaçou as mangas e pôs mãos à obra. No entanto, por mais que se esfalfasse, não conseguia fazer o pangaré avançar um milímetro.

Diante dos esforços inúteis do criado, Petrúquio se apeou, levando Catarina junto.

– Nós três vamos fazer esse imprestável andar – anunciou, postando-se atrás de Grúmio para ajudá-lo.

Vendo-se livre, Catarina até que pensou em fugir, mas logo afastou o pensamento. Zonza de fome como estava, com as pernas bambas e a vista embaralhada, não conseguiria percorrer a pé o bom pedaço de chão que a separava de Verona, ainda mais que começava a anoitecer. E tampouco adiantaria chegar sozinha a uma cidade onde não conhecia ninguém que lhe desse refúgio e onde Petrúquio não demoraria a capturá-la. Assim, fazendo prevalecer o bom-senso e sobretudo sua própria conveniência, Catarina colocou-se no fim da pequena fila e se pôs também a puxar as rédeas. Nisso empenhou toda a mínima energia que lhe restava depois de um dia inteiro de jejum forçado. Inevitavelmente acabou caindo num buraco cheio de uma lama viscosa e gelada.

– Aaai! – gritou.

Instintivamente os dois homens deixaram o cavalo de lado e foram acudi-la. Só que Petrúquio, parecendo lembrar-se de alguma coisa, parou na beira da poça, baixou o braço que estendera para socorrer a mulher e agarrou Grúmio pela gola, impedindo-o de ajudá-la a levantar-se. Não planejara aquele mergulho no lamaçal, mas achou que poderia incluir o inesperado acidente no plano de doma que vinha tramando desde o momento em que resolvera se casar com Catarina.

– Ajude-me, calhorda! – ela berrou.

– Ora, uma mulher independente como você pode muito bem sair daí sozinha!

E ficou parado, contemplando a cena tragicômica que se desenrolava na penumbra do crepúsculo. Coberta de lama dos pés à cabeça, o vestido branco reduzido a um grande trapo imundo, os cabelos caindo-lhe em completo desalinho pelo rosto e pelos ombros, o corpo inteiro tremendo de frio, Catarina lançou mão unicamente de sua força de vontade para levantar-se da poça. Quando, por fim, se viu pisando a terra firme da estrada, ergueu a cabeça o mais alto que pôde, arregaçou a saia pesada de barro e se pôs a caminhar na direção de Verona.

– Vai a pé, meu bem? – Petrúquio perguntou, mas não obteve resposta.

Enquanto patrão e criado observavam o lento avanço de Catarina, o cavalo resolveu desempacar por sua própria conta, como se estivesse arrependido de ter causado todo aquele transtorno, e aproximou-se do dono.

Petrúquio montou-o e, um instante depois, estava ao lado da esposa; então estendeu o braço, içou-a para a sela e envolveu-a no manto de lã. Grúmio, que vigiava todos os movimentos do estranho casal, julgou ver em seu gesto um intenso carinho e sorriu: tanta briga ainda ia acabar em amor...

O tombo no lamaçal, somado à fome e ao cansaço da viagem, parecia ter acabado de exaurir Catarina, que, a essa altura, só queria mesmo livrar-se da roupa molhada, tomar um banho quente, comer qualquer coisa e cair na cama. Assim, ela se manteve no mais absoluto silêncio, até que o pangaré cruzou por fim a porta da velha cidade e, depois de se arrastar com seu passo capenga por uma meia dúzia de ruas estreitas, parou diante de uma casa assobradada e relinchou, fosse para expressar seu contentamento com a chegada, fosse para alertar a criadagem.

Uma mulher gorda e sorridente, chamada Ludovica, correu para fora, erguendo as mãos para ajudar a recém-chegada a apear-se. Atrás dela surgiram dois homens, sendo um o oposto do outro: Nicolau, um velho alto, magro e pálido, e Natanael, um rapazola baixotinho, roliço e corado.

– Seja bem-vinda! – Ludovica falou para Catarina e, ao ver o estado em que a patroa se encontrava, exclamou: – Santo Deus! O que aconteceu?

– A senhora Catarina resolveu dar um mergulho num aprazível lamaçal para refrescar-se da viagem – Petrúquio explicou, saltando para o chão e voltando-se em seguida para os dois homens: – Levem os animais para o estábulo. Eles precisam ser bem escovados, bem agasalhados e bem alimentados. Estão exaustos, os pobrezinhos...

Ludovica fez uma careta de desaprovação que dispensava qualquer palavra. Pobrezinha lhe parecia a patroa, não as montarias. Sabendo, porém, que era inútil tentar argumentar com Petrúquio, conduziu Catarina para dentro de casa, disposta a dispensar-lhe os cuidados necessários para limpá-la, confortá-la, aquecê-la, alimentá-la. Só então se deu conta de que Nicolau e Natanael não receberam ordens de carregar nenhum baú.

– O senhor não trouxe a bagagem de sua esposa? – perguntou ao patrão.

– Para quê? – disse ele. – Aqui em casa minha esposa tem tudo de que precisa!

– Tem?

A surpresa de Ludovica era sincera. Ali em casa, pelo que sabia, não havia uma só roupa de mulher, com exceção das que ela mesma possuía. Será que aquele maluco estava pensando em vestir seus trapos na bela Catarina, moça rica, acostumada com luxo e conforto? Foi exatamente isso que ele lhe explicou:

– Por enquanto você vai dividir suas roupas com a senhora Catarina. Depois, veremos...

– O quê?

– Não seja xereta, Vica, e vá logo cuidar de sua patroa, antes que ela apanhe uma pneumonia e bata as botas!

Enquanto os criados se incumbiam de seus afazeres, Petrúquio rapidamente se lavou, trocou o traje ridículo que usara durante o dia inteiro por um confortável roupão de flanela e, sentando-se à mesa da cozinha, junto ao calor do fogão, devorou um pedaço de cabrito que fumegava na panela e esvaziou meia jarra de vinho. Depois se acomodou na sala para aguardar Catarina.

Ela demorou alguns minutos para se apresentar, profundamente humilhada num camisolão de baeta que lhe caía tão mal quanto lhe cairia a túnica de um palhaço. Seus pés dançavam, por assim dizer, dentro dos chinelos muito largos, e a touca de dormir cobria-lhe não só a cabeça, como despencava com babados e fitas por seu rosto abaixo, obrigando-a a afastá-la com a mão para poder enxergar alguma coisa.

– Isso não é justo... – ela resmungou, sem forças para gritar. – Você disse a meu pai que ia cuidar dos preparativos para o casamento, não me deixou trazer coisa alguma e não fez absolutamente nada para me dar o mínimo de conforto...

– Como não fiz, minha Cacá? Mandei arrumar a casa inteira, tirar as teias de aranha, limpar os tapetes, lustrar a prataria... Mandei o marceneiro fazer uma cama nova, providenciei um fantástico colchão de penas de ganso, comprei cortinados, louças, copos, jarros...

– E por que não comprou roupa para mim?

– Porque... porque você vai ganhar roupa nova quando aprender a se comportar como deve – Petrúquio respondeu, substituindo o sorriso por uma carranca que fez Catarina emudecer e baixar os olhos.

Encontravam-se os dois frente a frente no meio da sala, em silêncio, quando Ludovica entrou para anunciar que o jantar estava servido. O cheiro da carne invadia a casa toda, penetrava nas narinas da jovem esposa como o mais inebriante perfume do mundo, fazendo-a esquecer o camisolão grotesco, a touca incômoda, o despotismo do marido, tudo, só para deliciar-se por antecipação com o prazer de saciar a fome que a atormentava desde a manhã.

Tomando-a pelo braço delicadamente, Petrúquio a conduziu para a sala de jantar. Ao ver a peça de cabrito que emergia de um borbulhante molho castanho numa grande travessa de prata, Catarina ganhou alma nova e correu a sentar-se.

– O dono da casa tem a primazia, meu bem! – sentenciou o marido, obrigando-a a levantar-se.

Paralisada, com os olhos fixos na comida, ela esperou que Petrúquio se sentasse e a autorizasse a acomodar-se também. Então estendeu a mão para servir-se, mas ele a deteve com um gesto, dizendo:

– Cabe a Ludovica nos servir, querida...

Em silêncio, porém resmungando intimamente contra a atitude tirânica do patrão, a criada aproximou-se, cortou duas generosas fatias do cabrito, regou-as com boas porções do molho e entregou os dois pratos ao casal.

Catarina imediatamente pegou o garfo, cravou-o na carne e empunhou a faca para cortar o primeiro bocado. Petrúquio, no entanto, mais uma vez não a deixou comer.

– É preciso dar graças a Deus por nossa primeira refeição, meu anjo... – explicou. – Seu pai não lhe ensinou isso?

A jovem depositou os talheres sobre a mesa e juntou as mãos trêmulas de raiva e principalmente de fome. O marido baixou a cabeça e, fingindo uma devoção que estava longe de sentir, pronunciou uma longa oração num latim absolutamente macarrônico. Por fim, ele deu início à refeição; porém, mal levou à boca o primeiro pedaço de carne, cuspiu-o longe, com um estardalhaço que fez a esposa engolir seu bocado sem ao menos mastigá-lo.

– Como se atreve a nos servir esta porcaria? – gritou e, com um gesto violento, jogou a travessa no chão.

– Mas, patrão... – Ludovica tentou replicar.

– Cale-se! – ele ordenou. Em seguida levantou-se, derrubando a cadeira, e aproximou-se de sua mulher, para dizer-lhe com todo o carinho: – Venha, meu amor, vamos nos recolher. Você deve estar cansada...

Catarina ainda tentou se servir de mais um naco de carne, porém ele a retirou da mesa e conduziu-a para a escada que levava ao quarto.

– Estou com fome! – a pobrezinha protestou num fio de voz, sentindo-se completamente sem forças.

– Amanhã você há de comer bem, como merece, Cacá! Esse cabrito estava requentado, sem sal, sem gosto, indigno de seu paladar tão apurado... Venha, meu tesouro...

"Ao menos vou dormir...", ela pensou, resignada, e, tão logo se deparou com a ampla cama de casal, atirou-se sobre o macio colchão de penas como se mergulhasse no próprio mar do esquecimento. Petrúquio tirou os chinelos, apagou a vela que ardia num pequeno castiçal de prata e deitou-se a seu lado. No entanto, não demorou muito para começar a revirar-se na cama, puxando as cobertas, ajeitando os travesseiros, amarfanhando os lençóis. Por fim levantou-se, acendeu a vela e se pôs a erguer o colchão de um lado e outro, como se procurasse alguma coisa.

– Nem cama aquela palerma sabe arrumar – resmungou. – Tenho certeza de que um percevejo me picou... Onde estará esse maldito?

E puxou o colchão para fora da cama, arrastando também Catarina, que praticamente desmaiara de cansaço.

– Acorde, Cacá, não podemos dormir na companhia de um percevejo...

Ela mal conseguiu abrir os olhos, e de sua boca não saiu mais que um gemido abafado. Petrúquio tomou-a nos braços e a instalou numa cadeira dura, anunciando que ambos permaneceriam em vigília para defender-se do percevejo.

E assim o casal passou sua primeira noite em comum: o marido falando sem parar e carregando a mulher da cadeira ao banco, do banco à arca, da arca à cadeira, até que ele próprio não resistiu ao cansaço e acabou adormecendo a seu lado, no chão frio. Os galos cantavam quando tudo se aquietou.

Pombinhos

Desde que Catarina partira, o palacete dos Minola ficou tranquilo como um mosteiro: livre de gritos, de pisadas barulhentas no assoalho, de portas batendo, de coisas jogadas no chão. Apenas o alaúde de Bianca e suas conversas amenas com o pai, os mestres e os criados rompiam o silêncio, mas ocorriam num tom de voz tão suave que se limitavam às quatro paredes, sem chegar à porta da rua. Até os vizinhos suspiravam de alívio com a paz que reinava na praça.

Naquela tarde, que correspondia ao décimo dia de calmaria, Bianca caminhava de um lado para o outro, na sala de estudos, aguardando a chegada de seu professor de idiomas.

O mestre de música não aparecia para dar-lhe aulas desde a semana anterior ao casamento de Catarina, que, aliás, fora bastante agitada. Principalmente a partir da sexta-feira os preparativos transtornaram a rotina da casa, com os empregados numa lufa-lufa constante para deixar tudo em ordem, lavando cortinas, lustrando a prataria, limpando cada centímetro do piso, das paredes e das janelas com extremo rigor.

Como se não bastasse sua azáfama, havia ainda os fornecedores que chegavam a todo instante com quilos e quilos de carnes diversas, imensos caixotes de frutas e legumes enviados por fazendeiros da cálida Sicília, pipas de vinho procedentes da vizinha Toscana, sacos de especiarias trazidas do Oriente. O costureiro e o alfaiate entravam e saíam diariamente para as provas infindáveis dos vestidos da noiva e de Bianca e do traje de Batista. Artesãos especializados trabalhavam na decoração interior, tecendo guirlandas, confeccionando bandeirolas e flâmulas, restaurando antigos brasões e estandartes da família.

Em meio ao corre-corre, Bianca não teve aulas, se bem que Lucêncio comparecesse pontualmente a seu compromisso, apenas para vê-la e entregar-lhe bilhetes apaixonados, aos quais ela retribuía com igual ardor, pois também se enamorara do jovem mestre no mesmo dia em que o conhecera.

Graças à pequena correspondência e às rápidas conversas que tiveram ao longo daquela semana e meia, ficou sabendo em detalhes do plano que ele concebera para conquistá-la e que lhe expusera sucintamente em sua primeira aula de poesia latina.

– Achei que, se me apresentasse como seu pretendente, seu pai não me aceitaria, pois pareço muito mais jovem do que realmente sou – Lucêncio lhe contou. – Sei que tenho cara de menino, apesar de já ter completado vinte anos. Trânio tem apenas vinte e dois, porém parece mais adulto, mais sério, e, conforme previ, impressionou muito bem seu pai. Além disso, esperto e leal como é, ajudou-me a conquistar seu amor, minha querida, desviando para ele as atenções dos outros pretendentes e contando-me tudo o que ocorria aqui...

Nesse momento, Bianca se recordava muito bem, Lucêncio silenciara por alguns instantes e franzira a testa, com um ar intrigado. – Não eram dois pretendentes? Que fim levou o outro, o rapaz?

– Sei lá – ela respondeu, dando de ombros. Nem havia notado o desaparecimento de Hortênsio e estava interessada em outra questão: – Mas por que não podemos acabar com a farsa, já que está tudo resolvido? – perguntou.

– Porque meu pai não consentiria no casamento. Ele não só acha que sou muito novo para assumir esse compromisso, como já combinou com um velho amigo seu, um mercador lá de Pisa, que eu me casaria com a filha dele assim que terminasse o curso de filosofia. Agora, se nos casarmos às escondidas, enquanto Trânio leva a farsa adiante, meu pai não terá outra alternativa, senão aceitar nossa união. Entendeu?

Sim, Bianca entendera. E desde aquele momento vivia num estado de deliciosa empolgação, que só fez aumentar quando o amado lhe comunicou que marcara o casamento secreto para o sábado seguinte, véspera de sua anunciada união com o falso Lucêncio ou com Grêmio. Ele lhe contou que havia procurado o padre de uma pequena igreja, na verdade uma capela, situada na periferia de Pádua e frequentada basicamente pelos camponeses da região, e lhe pedira que preparasse uma discreta cerimônia nupcial. Bianca deveria sair logo cedo, na companhia de Rosalina, dizendo ao pai que ia se confessar; Lucêncio a esperaria com Trânio junto ao muro da cidade; os dois empregados seriam as testemunhas de sua união. Realizado o casamento, Lucêncio revelaria toda a farsa ao sogro e partiria para Pisa, apresentando a esposa a seu verdadeiro pai, que haveria de lhe fazer um sermão, porém não deixaria de respeitar sua decisão e acabaria por abençoar os pombinhos.

A felicidade de Bianca seria completa, se a espera e o medo de que tudo desse errado não a fizessem roer as unhas e caminhar de um lado para o outro, sem descanso.

Sábios conselhos

A mulher que entrou na cozinha de sua própria casa, em Verona, mais parecia a empregada incumbida de cuidar do chiqueiro que a dona daquele imponente palacete. O vestido velho e desbotado talvez ficasse bem numa mendiga baixinha e inchada, mas não numa ricaça alta e esbelta. Uma touca que certamente já tivera seus dias de glória cobria-lhe a cabeça, da testa à nuca, deixando escapar algumas mechas desgrenhadas de cabelos negros. Meias grossas, cerzidas e rasgadas nos dedos e no calcanhar, e chinelos de zuarte com sola de corda protegiam-lhe os pés.

– Que vida, santo Deus! Que vida! – queixou-se ela, jogando-se num banco tosco, encostado à parede oposta ao fogão.

Ludovica, que se atarefava com os preparativos do jantar, virou os espetos onde assava um grande número de codornas e tratou de arrumar um prato para a patroa, que naquele traje podia passar por sua criada.

– Ele enche a mesa de quitutes apetitosos e, quando levo à boca um pedacinho de qualquer coisa, joga tudo no chão, alegando que a carne esturricou, a sopa não passa de salmoura, os legumes não têm gosto de nada, as frutas estão podres, o vinho azedou, a água sabe a lama...

Desde que chegara a seu novo lar, no domingo à noitinha, a moça não fazia outra coisa senão reclamar. Nos primeiros dias, protestava aos gritos contra o regime de fome e insônia a que o marido a submetia; depois, certamente enfraquecida com a perda de peso e as longas vigílias, lamuriava-se sem cessar.

– Eu só queria saber onde ele come e dorme, pois está sempre bem disposto... Decerto deve se refugiar em alguma estalagem, com o pretexto de que precisa sair para tratar de negócios... Agora mesmo deve estar refestelado por aí, com a barriga cheia, enquanto eu estou exausta e faminta...

Sem fazer nenhum comentário, Ludovica entregou-lhe o prato em que colocara uma codorna assada e um pedaço de pão fresco. Recebera ordens expressas de Petrúquio para não servir a Catarina mais que um caldo ralo e alguns biscoitos insossos e também de fazer bastante barulho a fim de impedir que ela dormisse. Mesmo correndo o risco de perder o emprego, Ludovica não resistia à piedade que a jovem lhe inspirava e, assim que o patrão virava as costas, procurava alimentá-la. Não podia lhe dar um prato muito cheio, pois Petrúquio anotava rigorosamente tudo o que havia na despensa, tudo o que a criadagem consumia e tudo o que era colocado em sua própria mesa e atirado no chão. Tampouco podia deixar a patroa dormir mais que um par de horas em sua ausência, pois ele perceberia a aparência descansada da esposa e ficaria furioso com a empregada.

Enquanto Catarina comia vorazmente, Ludovica a observava, parecendo hesitante. Por fim, falou:

– Desculpe, senhora, mas acho que não está usando sua inteligência para lidar com essa situação.

O mínimo sentimento que a criada lhe inspirava era o de gratidão. Naquela casa todos os serviçais seguiam à risca as instruções de Petrúquio, fosse para agradá-lo, fosse para não perder o ganha-pão, fosse até para injuriar a recém-chegada, da qual certamente não gostariam de receber ordens. Só Ludovica ousava desobedecer ao patrão, e Catarina sabia que sem sua ajuda estaria perdida.

– O que você acha que eu deveria fazer? – perguntou, depois de roer o último ossinho da codorna.

– Acho que deveria concordar com as maluquices dele, em vez de protestar.

– Concordar...? Nem uma escrava merece esse tratamento hediondo...

– Eu sei, mas a senhora precisa usar de habilidade... Ele não vive dizendo que a senhora não sabe pedir? Pois então, peça, peça com jeitinho e conseguirá tudo o que quiser. Ontem, por exemplo, ele deixou que Grúmio lhe servisse uma fatia de carne e o mandou retirar a travessa da mesa. Evidentemente isso não bastava para matar sua fome, que é constante, eu sei. A senhora quis mais uma fatia, com toda a razão. E o que fez? Ordenou a Grúmio que a servisse de novo e, como ele não podia obedecer, pois o patrão lhe fizera sinal para não atendê-la, a senhora se enfureceu, levantou-se da mesa e começou a esmurrar o coitado, que, por acaso, é um dos queridinhos de Petrúquio... Resultado: o patrão ficou bravo, encerrou o jantar, e a senhora foi dormir de barriga quase vazia. Se tivesse pedido, teria comido até se fartar...

Mesmo com a boca cheia de pão, Catarina não pôde deixar de expressar o espanto que as palavras ditas por Ludovica lhe infundiam.

– Nunca pedi nada a ninguém! – gritou, espirrando migalhas para todos os lados.

– Pois esse é o seu erro! Sabe, eu sou muito mais velha que a senhora, tenho idade para ser sua mãe e conheço bem a vida. Às vezes a gente precisa ceder, às vezes a gente precisa resistir. E sempre precisa perceber se deve ceder ou resistir...

– Não aprendi a ceder – Catarina declarou, estufando o peito por baixo do vestido largo demais.

– Desculpe, mas a senhora é... – A empregada interrompeu-se e baixou a cabeça, parecendo ter se arrependido do que ia dizer.

– Fale logo! – a patroa lhe ordenou e, vendo que a outra permanecia muda, ergueu a mão para esbofeteá-la. Ao lembrar-se, porém, que dependia das boas graças de Ludovica para reforçar sua ração diária e dormir uma hora a mais, respirou fundo, afagou o rosto da criada com a mão que levantara para agredi-la e pediu, quase delicadamente: – Fale, por favor...

Ludovica ergueu a cabeça e exibiu-lhe um sorriso de triunfo.

– Viu? – perguntou. – Com jeitinho se consegue tudo...

– Ainda não consegui fazer você terminar a frase que havia começado. Você dizia que eu sou...

– ... mandona. Pronto! A senhora é mandona, e ninguém gosta de gente mandona, muito menos um solteirão convicto que esperou chegar aos vinte e oito anos para se casar! Sabe como ele vivia antes de a senhora chegar? Eu trabalho aqui desde a época em que os pais do patrão se casaram. Quando o velho Antônio morreu, ele se tornou o dono de tudo, acostumado a chegar e a sair a qualquer hora, sem dar satisfação a ninguém! Quantas vezes sumiu por dois, três dias, e depois voltou com a roupa rasgada porque se meteu numa briga, a pé porque perdeu o cavalo no jogo, quase nu porque o marido da amante o pilhou em ação! De uns anos para cá resolveu tomar juízo, cuidar melhor dos negócios e aumentar o patrimônio que andara dilapidando... Resolveu se casar para completar sua... como é que ele dizia?... sua regeneração... Muitas vezes, conversando ao pé do fogo, Petrúquio me disse que estava cansado da solidão e queria encontrar uma moça honesta e rica, que o ajudasse a ampliar seus bens e lhe desse filhos sadios. Um sonho simples, não é?

Catarina concordou com a cabeça e esperou que Ludovica continuasse.

– Como todo homem, ele quer ter a ilusão de que manda na mulher, nos filhos, nos empregados. Nos empregados até que manda, porque ninguém quer se ver no olho da rua, sem eira nem beira, mas mesmo assim a gente desobedece... Nos filhos também poderá mandar, até certa idade, porque um dia eles crescem e começam a achar o pai antiquado, ranzinza, exigente demais. Só que os filhos que se rebelam abertamente podem acabar sendo deserdados, enquanto os que tentam dialogar com jeitinho ou até fingem concordar com tudo se dão bem... Com a mulher é a mesma coisa... ela deve tentar o diálogo e, se este não for possível, deve agir com habilidade, com... – Ludovica se calou por um instante, procurando lembrar-se da palavra que ouvira algumas vezes na sala do casarão, quando servia o jantar para os convidados do patrão, e por fim concluiu: – ... com diplomacia!

O discurso de Ludovica impressionou Catarina, que durante alguns momentos permaneceu em silêncio, refletindo sobre o que acabara de ouvir. Conhecia o significado da palavra "diplomacia", mas nunca a incluíra em seu vocabulário. Desde pequena aprendera a gritar e espernear para conseguir o que queria e, quando berros e patadas nada resolviam, punha-se a jogar coisas no chão. Em casa de seu pai já quebrara muito vaso de autêntica porcelana chinesa, muita jarra de cristal austríaco, muita garrafa de vinho grego. Sem falar nos vestidos que rasgara porque não eram exatamente iguais aos que encomendara. E os sopapos que distribuíra nos empregados? E os pontapés que dera nos cachorros? Quanto mais sua irmã Bianca despertava simpatia e conquistava amizade por agir sempre com delicadeza e modéstia, mais ela se enfurecia e caprichava em suas explosões de mau humor. Entretanto, desde que se deparara com Petrúquio, sentia-se ameaçada. Parecia-lhe que aquele homem teria o dom de amansá-la, de "domá-la", como dizia seu pai, e tal perspectiva a deixava confusa: por um lado, queria ser domada, queria tirar a armadura de que se revestira, sem saber bem por que, e liberar o carinho que guardava lá no fundo de si mesma e nunca dera a ninguém; por outro lado, temia tornar-se uma pessoa submissa, sem vontade própria, como tantas mulheres que conhecera ao longo da vida ou das quais ouvira falar. Não eram poucos os casos de maridos que traziam as esposas a rédea curta, sem lhes dar a mínima liberdade de escolher sequer entre um vestido e uma capa, entre um colar e um anel, entre um assado e uma sopa. Cedendo a Petrúquio, não se tornaria também uma esposa servil e apalermada? Mas, não cedendo, não estaria correndo o risco de viver faminta, sonolenta, esfarrapada, amargurada e solitária?

– E como é "agir com diplomacia"? – perguntou finalmente Catarina.

– A senhora sabe, já que é uma moça estudada...

– Neste assunto sou muito mais ignorante que você...

Ludovica corou de prazer e teve vontade de voltar-se

para o fogão a fim de esconder o rubor, mas aguentou firme e explicou:

– "Agir com diplomacia" é esperar a hora certa de discutir um assunto, é ceder quando se percebe que não adianta bater o pé, é pedir com jeitinho, é fingir que se concorda quando se tem vontade de esganar o outro, é usar de rodeios para chegar a determinado ponto, é... principalmente – Ludovica ergueu o dedo indicador, sacudiu-o no ar e repetiu: – ... é principalmente deixar o outro acreditar que ele se saiu vencedor, quando a gente é que levou a melhor! Quer mais um exemplo? Na segunda-feira passada, o patrão chamou o costureiro para mandar fazer uns vestidos para a senhora se apresentar bem elegante no casamento de sua irmã. Todo tecido que a senhora escolhia, ele rejeitava, alegando um defeito e outro; e a mesma coisa se repetiu com relação aos modelos. A senhora se irritou, jogou os tecidos no chão, xingou todo mundo e saiu da sala, batendo os pés. Resultado: não vai ter roupa nova para ir à festa. Saiu perdendo... Se tivesse concordado com as opiniões de seu marido, teria conseguido impor no mínimo um modelo de seu gosto e o vestiria sempre, alegando que os outros, escolhidos por ele, são maravilhosos, porém um lhe aperta o busto, o outro a deixa pálida, e assim por diante. Ou então poderia usá-los com toda a naturalidade, como se fossem os vestidos mais lindos do mundo, e o próprio Petrúquio acabaria por perceber as bobagens que havia feito: a manga bufante como um balão, o corpete vermelho brigando com a saia bordô, a barra listrada destoando do conjunto florido... Então desistiria de dar palpites nos modelos futuros, embora tratasse de se fingir muito satisfeito com suas escolhas e não dissesse uma palavra a esse respeito. A senhora teria agido com diplomacia... e teria lucrado...

Tudo o que a empregada lhe dizia penetrava-lhe no cérebro como raios de luz. Precisava recolher-se e meditar sobre aquelas sábias palavras. De imediato, porém, a boa criada já conseguira uma proeza que nem Batista Minola, nem Bianca, nem o padre da igreja de Santo Antônio de Pádua haviam realizado: fizera Catarina ouvir com atenção, reconhecer com humildade que todos têm algo a ensinar e perceber, embora confusamente, que ninguém é dono do mundo e que a solidão e o desamor constituem o maior castigo de quem se julga autorizado a impor sua vontade a torto e a direito.

Tudo por um pai

Fazia mais de uma semana que os dois jovens de Pisa se dividiam entre seus compromissos diários e a busca de um forasteiro velho, de aparência honesta, elegante, bem-educado e sobretudo desconhecido em Pádua. Com a aproximação do domingo decisivo, cancelaram os outros afazeres e se dedicaram exclusivamente a essa procura.

Na quarta-feira pela manhã, enquanto Bianca media com seus passos nervosos o comprimento e a largura da sala de estudos, seu impaciente namorado montava guarda na estrada que ligava Pádua a Veneza, atento a todo viajante que se aproximava e desesperado por não encontrar ninguém que preenchesse os requisitos necessários.

Ao mesmo tempo, Trânio partia para Vicenza, a fim de percorrer todos os locais que alojavam forasteiros nessa cidade situada a uns trinta quilômetros de Pádua; caso não encontrasse o homem desejado, estava disposto a procurar um trapaceiro de boa aparência que, em troca de uma razoável recompensa, concordasse em assumir o papel de Vicêncio por alguns dias.

A viagem e a inútil peregrinação por duas modestas estalagens e umas quatro pousadas deixaram-no exausto e faminto. Trânio resolveu então suspender a busca e comer alguma coisa na primeira taberna que avistou, a qual estava praticamente vazia naquele horário: já era tarde para o almoço e muito cedo para a bebedeira do fim do dia. Apenas um jovem cabisbaixo se encontrava instalado a uma mesa, no fundo da sala. Sem lhe dar atenção, Trânio acomodou-se junto à janela, a fim de observar a praça enquanto matava a fome.

– Ainda tem alguma coisa para comer? – perguntou ao roliço taberneiro que se apressou em atendê-lo.

– Tenho ensopado de galinha. É tudo o que sobrou do almoço, e está quentinho, pois deixei no fogão, que fica aceso desde manhã até a noite, com mais lenha nas horas de maior frequência e só umas brasinhas fracas no resto do dia. Sempre tenho fregueses que preferem almoçar mais tarde, como o senhor.

– Ótimo! – o rapaz respondeu. – Traga-me um bom prato e uma caneca de vinho.

O taberneiro se voltava para ir buscar a comida, quando casualmente avistou o cavalo de Trânio, amarrado junto à entrada.

– O pobre animal deve estar com fome e com sede também... Vou tratar dele, se o senhor permitir...

– Por favor... – o jovem pediu, meio envergonhado por ter esquecido egoisticamente que sua montaria também precisava comer e beber.

Meio minuto depois o cavalo se debruçava sobre o cocho e Trânio se debruçava sobre o prato, pondo-se ambos a comer com gosto, enquanto o taberneiro voltava para trás de um velho balcão de madeira. O silêncio era tão absoluto que ao cabo de alguns instantes o homem estava cochilando, a cabeça apoiada no braço. Sua soneca, porém, não durou muito, pois de repente o jovem cabisbaixo da mesa ao fundo estalou os dedos, com a mão erguida, e chamou-o para pagar o que havia consumido. Depois de entregar-lhe um punhado de moedas de cobre, o solitário freguês levantou-se para deixar a taberna, e foi então que Trânio o reconheceu.

– Mestre Lício! – exclamou, espantado por ver o professor de música naquela cidade.

O outro parou e, apoiando-se na beira da mesa com as duas mãos, fitou-o com seus olhos vermelhos.

– Senhor Lucêncio!

– Já almoçou? – Trânio perguntou-lhe.

– Não tenho vontade de comer nada, na-di-nha – o rapaz respondeu numa voz pastosa. – Mas gostaria de lhe fazer companhia, se não se importa.

– Esteja à vontade!

Hortênsio sentou-se diante de Trânio. Parecia muito perturbado e ansioso para desabafar com alguém, mas durante alguns momentos se manteve mudo, a cabeça entre as mãos.

– Quer me dizer alguma coisa? – o outro perguntou, depois que acabou de limpar o prato.

– Sou um impostor! – o falso mestre explodiu finalmente. – Nunca lecionei música nem aqui nem na China! Sou Hortênsio, ex-pretendente de Bianca. *Ex*-pretendente – repetiu, frisando bem o "ex". – A que ponto me rebaixei por causa daquela moça frívola! Há meses que a venho cortejando e cumulando de presentes e guloseimas... Gastei uma pequena fortuna por causa dela... Quando meu amigo Petrúquio apareceu e se dispôs a pedir a mão de Catarina, achei que minhas chances de conquistar Bianca tinham aumentado e que poderia apressar as coisas, apresentando-me em casa dela como mestre de música. Mas aí aquele professorzinho de meia-tigela se intrometeu e estragou tudo!

– Você... desistiu...? – Trânio quis saber.

– E o que mais poderia fazer? Ela está perdida de amores por aquele intruso... Eu os vigiei o tempo todo, e vi como cochichavam, sorridentes, suspirosos... Não vou mais me submeter a esse papel ridículo. Chega! – E, ao dizer isso, esmurrou a mesa com tanta força que derrubou a caneca de vinho, já vazia. – Estou voltando para minha antiga namorada, uma viuvinha linda e rica, sem filhos, que conquistei em

Verona, terra de meu amigo Petrúquio. Decerto ela não me esqueceu e há de querer se casar comigo. – Hortênsio levantou-se e contornou a mesa para tomar o rumo da porta, mas, antes de deixar a taberna, colocou a mão no ombro de Trânio, num gesto de solidariedade, e declarou: – Sinto muito por você, meu amigo. Minha saída de cena poderia lhe deixar o caminho livre, pois o velho Grêmio não seria páreo para você. No entanto, como Bianca está apaixonada pelo latinista de meia-pataca...

– Mas ela concordou em se casar comigo – Trânio replicou. – O senhor Batista já marcou a cerimônia para o próximo domingo...

– Sendo assim, felicidades! E adeus! – Hortênsio falou, acenando-lhe com a mão enquanto ganhava a rua.

Trânio terminou de tomar seu vinho, chamou o taberneiro para pagar-lhe a conta e saiu. Certo de que em Vicenza nada mais lhe restava fazer, montou seu cavalo e iniciou a viagem de volta, decidido a chegar logo para saber se o patrãozinho tivera mais sorte que ele. No fim da tarde cruzou as muralhas de Pádua e pouco depois entrou na praça da igreja de Santo Antônio, onde avistou um velho puxando um cavalo pelas rédeas. Observou-o com atenção por alguns instantes e, concluindo que aquele bem podia ser o pai de que precisava, aproximou-se.

– Posso ajudar? – perguntou-lhe cordialmente, ao mesmo tempo que se apeava da montaria.

O outro parou, uma expressão de esperança brilhando em seu rosto enrugado e suado.

– Ah, meu filho, preciso achar um ferreiro... Meu cavalo perdeu uma ferradura e já caminhei bem uns quinhentos metros com o pobrezinho mancando...

– Pois agora só tem de atravessar a praça e descer a rua da direita para resolver seu problema. Posso acompanhá-lo, se me permite...

– Muito obrigado!

O forasteiro apertou-lhe a mão, aliviado, e os dois rumaram na direção que Trânio indicara, cada qual conduzindo seu animal pelas rédeas. Enquanto andavam, bem devagar por causa do cavalo que perdera a ferradura, o esperto rapaz tratou de descobrir a identidade do velho e o motivo de sua presença em Pádua.

– Chamo-me Graciano, sou professor de filosofia e na verdade estou aqui de passagem, pois o destino de minha viagem é Roma.

– E de onde o senhor vem?

– De Mântua.

– Mântua...? – Trânio repetiu, fingindo-se extremamente assustado. – Mas aqui o senhor corre perigo de vida!

– Co-como as-sim...?

Olhando para todos os lados, como se temesse que alguém o escutasse, o jovem lhe cochichou:

– Então não sabe? A partir de hoje todo mantuano que botar os pés em Pádua é um homem morto. O doge se desentendeu com o duque de Mântua, por causa de uns navios que foram apreendidos ontem, ou anteontem, não sei bem a história, porque não entendo nada de política. Mas o caso é que o doge determinou que de hoje em diante qualquer cidadão de Mântua que se atrever a entrar nos domínios de Veneza deve ser executado imediatamente.

O forasteiro estava branco de susto, suas mãos tremiam sobre as rédeas do cavalo e seus olhos percorriam a praça de um canto a outro, procurando um lugar onde pudesse se esconder. Na verdade não tinha o que temer, pois a história que acabara de ouvir era totalmente infundada.

– Já esteve em Pisa, senhor?

A pergunta aparentemente não fazia sentido naquela situação aflitiva para o pobre velho, que no entanto respondeu:

– Sim, algumas vezes...

– Conheceu por lá um mercador chamado Vicêncio Bentivoli?

– Pessoalmente, não, mas de nome, sim. Por quê?

– Porque Vicêncio é meu pai, e o senhor se parece extraordinariamente com ele. Vou lhe propor uma troca. – Trânio conduziu o mantuano para um beco deserto e explicou: – Meu pai não quer que eu me case com uma certa moça daqui de Pádua, pela qual estou perdidamente apaixonado. O pai da jovem consente em nossa união, mas quer que meu pai assine um documento, garantindo a herança dela no caso de eu morrer antes do velho. Se o senhor concordar em se passar por Vicêncio Bentivoli, estará resolvendo um problema vital para mim e ao mesmo tempo salvando sua própria pele, sem falar na pata de seu cavalo, pois eu o apresentarei a todos como o rico Vicêncio, respeitado cidadão de Pisa, e o senhor poderá não só ir ao ferreiro, como circular livremente e instalar-se na "Cabeça de Javali", onde estou hospedado. O que me diz?

– Parece que não tenho escolha – Graciano suspirou.

– Então vamos em frente! Pelo caminho eu lhe explico o que deve fazer.

Trânio saiu do beco guiando o forasteiro pela rua quase deserta e pensando que dentro de algumas horas estaria livre da farsa inventada por seu patrãozinho. "Será que vou sentir saudade de minha breve fase de moço rico?", perguntou a si mesmo.

Louca viagem

O sol mal surgia no horizonte, naquela manhã de sábado, quando Petrúquio saltou da cama e saiu do quarto para acordar os criados, deixando Catarina dormir mais um pouco. Com o barulho que fizera durante grande parte da noite, como sempre, só lhe permitira pegar no sono nas primeiras horas da madrugada.

Estava bem-humorado. Tinha absoluta certeza de que a viagem a Pádua constituiria a prova cabal de que alcançara pleno êxito com seu plano de doma. Além disso, na quarta-feira à tarde, encontrara seu amigo Hortênsio e dele recebera excelentes notícias.

O encontro ocorrera na estalagem, onde Petrúquio saboreava um delicioso bolo de nozes, depois de ter tirado uma boa soneca para enfrentar a longa vigília que imporia a Catarina. Hortênsio entrara, suado e ofegante, e, ao deparar-se com o amigo, escancarou um sorriso de satisfação.

– Resolveu fugir de Pádua para não assistir ao casamento de minha cunhadinha? – Petrúquio perguntou-lhe.

– Resolvi esquecer aquela bonequinha fútil e voltar para minha doce Valéria – Hortênsio explicou, enquanto se sentava para partilhar o bolo e o vinho com que o outro se regalava.

– Valéria é a viuvinha, não?

– A própria. Pretendo tomar um banho nesta espelunca, vestir um traje irresistível que trouxe expressamente para isso e apresentar-me tão apaixonado e humilde que ela há de me agradecer por ter voltado.

– Eu, se fosse você, me apresentaria assim mesmo, empoeirado e cheirando a suor. E nunca que iria me mostrar humilde... Com relação a Bianca você se humilhou durante meses e o que foi que ganhou?

Suas observações apenas alargaram ainda mais o sorriso de Hortênsio. Ele sabia que era inútil discutir com Petrúquio e, assim, simplesmente lhe agradeceu a sugestão, explicando que preferia agir a seu modo, ainda que não alcançasse o resultado desejado.

– Pretendo me casar com ela amanhã mesmo – acrescentou.

– Assim... de repente?

– E por que não? Uma moça que trabalhava lá em casa foi à horta buscar salsa para temperar um coelho e saiu de lá casadinha da Silva...

Entre gostosas risadas os amigos terminaram a breve refeição, e Hortênsio se levantou para pedir ao estalajadeiro que lhe preparasse um banho. Petrúquio, no entanto, insistiu em levá-lo para sua casa, onde poderia arrumar-se mais confortavelmente, com a ajuda de Grúmio.

– Se quiser exibir sua viuvinha no casamento de sua ex-amada, só para se desforrar da recusa de Bianca, viaje conosco no sábado – sugeriu-lhe. – Pretendo partir cedo, para almoçar com meu sogro.

Hortênsio estendeu-lhe a mão e garantiu-lhe que o estaria esperando às seis horas da manhã, com Valéria a postos.

Os criados, perfilados na cozinha como uma tropa pronta para submeter-se à revista do comandante, perceberam com satisfação o bom humor de Petrúquio e trocaram olhares maliciosos, atribuindo-o a outro motivo. Imperturbável, assumindo a postura de um general diante dos soldados, apesar de estar envolto num roupão ruço e de não ter tirado a touca de dormir, o patrão transmitiu suas ordens:

– Nicolau e Natanael vão preparar os animais para a viagem. Somos seis pessoas.

– Seis...? – o velho surpreendeu-se.

– Seis – Petrúquio confirmou, enumerando-as com os dedos: – Minha mulher, eu, o pilantra do Grúmio, meu amigo Hortênsio, a senhora Valéria e o empregado que ela resolver levar.

– Aaah – fizeram Nicolau e Natanael em coro, pois, ocupados com seus afazeres, não sabiam ainda que Hortênsio estava na cidade e tampouco que se casara com a viuvinha na última quinta-feira.

– Vica, vá acordar a patroa e ajudá-la a vestir-se.

A criada se dirigiu para a porta, mas não deu dois passos quando Petrúquio a chamou novamente, a fim de ordenar-lhe que levasse a arca do quarto de hóspedes para o de Catarina e a deixasse escolher o traje que lhe agradasse.

– O senhor comprou roupas para ela? – Ludovica perguntou, a surpresa tornando seu rosto radiante de alegria.

– Para ela e para mim, embora aquela ingrata não mereça.

– Oh, ela merece, sim, e vai lhe agradecer, tenho certeza!

– Assim espero. Agora, vá. Arrume um baú para nós, com o suficiente para três dias.

Ludovica deixou a cozinha, ansiosa para contar a grata novidade à patroa e já pensando no que haveria de dizer para convencê-la a agradecer ao marido.

– Grúmio, prepare o desjejum, enquanto me arrumo para a viagem.

Deixando cada qual ocupado com suas tarefas, Petrúquio se refugiou em seu gabinete particular, onde havia deixado um dos trajes que encomendara secretamente a seu alfaiate e fora buscar na tarde anterior. Não dava a mínima importância às aparências, mas sabia que Catarina, seus novos parentes e a maior parte de seus amigos e conhecidos não pensavam assim. No dia de seu casamento ofendera a todos premeditadamente, apresentando-se com aquela indumentária ridícula. Agora queria redimir-se da grosseria, que fazia parte do plano de doma, até então concretizado com sucesso. Ao menos era o que achava: que seus métodos o haviam levado a conseguir seu objetivo. Inegavelmente Catarina vinha se mostrando bem menos agressiva e até ligeiramente cordata. A continuar assim, dentro em breve seria a esposa com que ele sempre sonhara. Portanto, não lhe custava nada fazer a barba, pentear-se e vestir a roupa nova, a primeira que adquiria em cinco anos. A imagem que o espelho lhe mostrou um quarto de hora depois deixou-o plenamente satisfeito, contribuindo para aumentar seu bom humor.

Ao sair do gabinete, Petrúquio se dirigiu à sala de jantar, onde encontrou a mesa posta, Ludovica pronta para servi-los e Catarina de pé junto a sua cadeira, sorridente e elegante em seu vestido de lã azul com detalhes de renda bege.

– Bom dia, Cacá! Dormiu bem?

O uso daquele apelido irritava-a profundamente, e tanto o patrão quanto a criada sabiam muito bem disso. Temendo que Catarina abrisse a boca para protestar agressivamente, Ludovica mais que depressa se aproximou e cutucou-lhe as costas. Enquanto a ajudava a arrumar-se, conseguira convencê-la a agradecer os belos vestidos que ganhara. Além daquele que decidira usar de imediato, levava mais dois no baú: um de brocado, que reservara para a festa do casamento de Bianca, e um de sarja, que vestiria na viagem de volta. Na verdade os modelos eram meio antiquados e não lhe agradavam muito, porém o fato de sair dos trapos velhos de Ludovica a deixara contente. Ademais, Petrúquio demonstrara boa vontade ao comprá-los.

– Bom dia, marido! – ela respondeu com um sorriso, o contentamento com as roupas novas superando a momentânea irritação. – Dormi muito bem, obrigada, e quero lhe dizer que estou grata pelos vestidos que você me deu.

– Diga que são lindos! – a criada cochichou-lhe ao ouvido, enquanto Petrúquio se sentava para tomar o desjejum.

– Isso já é demais! – Catarina cochichou em resposta, sentando-se também.

Assim que terminaram de comer, em silêncio para não perder tempo, montaram dois robustos cavalos e rumaram para a casa da viuvinha Valéria, a fim de apanhar o feliz casal. Grúmio os acompanhou no lombo de um terceiro cavalo, conduzindo pelas rédeas a mula carregada com o baú e os animais destinados aos companheiros de viagem.

Mal ganharam a estrada, Petrúquio resolveu dar início ao que considerava a prova final do curso de doma ao qual submetera a esposa. Olhando para o céu ensolarado, comentou:

– Ah, que lua esplêndida! Mais parece um farol iluminando o caminho!

Os demais olharam-no com espanto, temendo que ele tivesse enlouquecido de vez. Catarina esqueceu-se por um momento das recomendações de Ludovica e replicou:

– Que lua, marido? Não vê que é o sol?

– Vejo que é a lua – ele respondeu, carrancudo. – E repito: está esplêndida e ilumina o caminho como um farol!

– Pois eu repito que é o sol, e digo mais: você só pode estar doido!

– Foi você que me endoideceu, de tanto me contradizer – Petrúquio fez uma careta digna de um louco varrido e, levantando a mão, deteve a comitiva. – Vamos voltar para casa! Minha mulher me endoideceu e preciso ser internado! – anunciou.

Já acostumado com as maluquices do patrão, que geralmente o divertiam muito (desde que não o prejudicassem), Grúmio tratou de manobrar seu cavalo e a mula para fazê-los retomar o rumo de Verona. Hortênsio, porém, aproximou-se de sua ex-futura cunhada e pediu-lhe:

– Por favor, diga que é a lua, senão ninguém vai assistir ao casamento de sua irmã...

– Por favor... – Valéria murmurou, reforçando o apelo do marido.

Catarina bufou, enrubesceu, remexeu-se na sela, contou até vinte e por fim resolveu dizer:

– Tudo bem, é a lua, e está esplêndida, e ilumina o caminho como um farol...

– Mudei de ideia – Petrúquio retrucou. – Não é a lua, é o sol!

– Aaah! – os três viajantes gritaram, no limite de sua paciência.

– A gente vai ou volta? – Grúmio perguntou em meio a sua manobra.

– Minha senhora é quem sabe... – o patrão respondeu, olhando para a mulher, à espera.

– É o sol... – ela resmungou.

– Ou é a lua? – ele provocou.

– É a lua, é o sol, são as estrelas... O que você quiser, desde que sigamos viagem – Catarina falou, esforçando-se muito para não extravasar sua irritação.

Ao longo de uma semana de barriga quase vazia, sono em constante atraso e trajes de mendiga, ela não queria arriscar-se a voltar para casa e perder as poucas regalias que havia conquistado. Convinha-lhe manter a trégua, apesar de precária. Além do mais, desde o dia em que pusera os olhos em Petrúquio, abrigava em seu íntimo sentimentos desconhecidos, estranhos impulsos, contradições desconcertantes. Ora tinha ímpetos de esmurrá-lo, ora se surpreendia erguendo a mão para acariciá-lo; ora o odiava e desejava que caísse fulminado a seus pés, ora temia que ele resolvesse repudiá-la e reconduzi-la a seu pai. "Queria entender essa confusão...", pensou, tão envolvida com suas próprias emoções que nem ouviu o marido anunciar a continuação da viagem, rumo a Pádua.

Haviam percorrido bem mais da metade do trajeto, quando encontraram na estrada um velho cavaleiro solitário. Petrúquio não resistiu à tentação de testar mais uma vez a cordura da esposa; depois de erguer o braço para novamente deter a comitiva, apeou-se e cumprimentou o viajante:

– Muito bom dia, formosa donzela! Para onde se dirige, assim sozinha? Não tem medo de ser assaltada?

Sua atitude surpreendeu unicamente ao estranho, pois seus companheiros já haviam percebido que ele apenas se divertia, fingindo-se de louco.

– Junte-se a nós, senhorita, e estará bem protegida! – Catarina falou gentilmente, compreendendo a provocação do marido.

– O que é isso, mulher? – Petrúquio repreendeu-a. – O sol cegou seus olhos ou lhe derreteu os miolos? Como pode chamar de "senhorita" um venerável cavalheiro que poderia ser seu pai?

– Tem razão, meu bem! – ela concordou. – Desculpe, senhor, às vezes me confundo... Mas meu convite continua de pé!

Resolvendo entrar naquela conversa maluca para tentar impedir que a chegada a Pádua atrasasse ainda mais, Hortênsio tratou de endossar as palavras de Catarina:

– Viaje conosco!

Apenas Valéria manteve-se calada. Já estava cansada de sacolejar no lombo do cavalo e não via a hora de apear-se,

comer até fartar-se e exibir os lindos vestidos que levava num imenso baú. Bem que Hortênsio tentara convencê-la a preparar uma bagagem menor, argumentando que logo voltariam a Verona, a fim de cuidar de sua mudança definitiva para Pádua, mas ela não lhe dera ouvidos. "Não pretendo circular sempre com os mesmos trapos!", respondera, empinando o nariz.

– Obrigado, madame! Obrigado, cavalheiros! – o viajante respondeu com mil mesuras. – Creio que vou aceitar a oferta... Mas antes permitam que me apresente: Vicêncio, seu criado.

– Muito prazer! Petrúquio.

Feitas as restantes apresentações, o grupo seguiu viagem. A presença do velho teve o dom de encerrar as brincadeiras extravagantes e fornecer um novo tema de conversação.

– O senhor mora em Pádua? – Petrúquio lhe perguntou.

– Não, moro em Pisa, mas me perdi por essas estradas e fui parar em Vicenza – o outro explicou, desacorçoado. – Vou ver meu filho, que está estudando em Pádua e não me manda notícias desde que partiu. Estou preocupado...

– Decerto não tem motivo nenhum para isso, há de ver – Catarina comentou, procurando tranquilizá-lo.

– Quantos anos tem seu filho? – Hortênsio perguntou.

– Vinte.

– Vinte – Petrúquio repetiu, com um suspiro. A menção da idade do jovem teve o dom de fazê-lo mergulhar em suas recordações. – Quando eu tinha vinte anos, já estava preparado para substituir meu pai nos negócios – começou a contar. – Ele era mercador, especializado em peles, e tinha muitos contatos na região do Báltico e na Rússia. A princípio me pôs para trabalhar em seu escritório, lá em Verona mesmo. Encarregou-me de escrever cartas para seus fornecedores e clientes... Claro está que ditava os termos, e eu apenas anotava...

A evocação dos primeiros anos de sua juventude levou Catarina a imaginá-lo ainda rapazote, assumindo obrigações que talvez estivessem além de sua capacidade. Essa imagem enterneceu-a e comoveu-a, e ela, sorrindo, dirigiu ao marido seu primeiro olhar de carinho desde o casamento. Petrúquio a fitou com extrema alegria, sentindo uma onda de ternura que, não fosse a presença austera do aflito Bentivoli, o teria feito descer do cavalo e beijá-la demoradamente.

Os dois provavelmente continuariam nesse idílio mudo e estático, se Vicêncio não os interrompesse.

– E depois?... – o velho perguntou, mais para se distrair de seus sombrios pensamentos que para conhecer realmente a história de seu interlocutor.

Desviando o olhar do rosto da esposa, Petrúquio prosseguiu com seu relato:

– Pouco a pouco ele passou a me incumbir de fiscalizar a remessa das encomendas, tanto das que pedia aos fornecedores, quanto das que enviava aos clientes. Um dia fui parar na Polônia. Lá conheci o filho de um rico peleteiro, um sujeito completamente doido e irresponsável, que tinha apenas duas paixões na vida: as mulheres e os bisões.

– O bisão é uma espécie de touro selvagem – Hortênsio apressou-se a explicar para a viuvinha, na esperança de não só envolvê-la na conversa, mas também acrescentar uma pequena informação a seus parcos conhecimentos.

– Com ele fui à minha primeira caçada e à minha primeira farra... – Petrúquio continuou, rindo com a lembrança e sobretudo com a reação de Catarina, que, enciumada, franziu a testa e retirou o sorriso dos lábios. – E, de caçada em caçada, de farra em farra, acabei me demorando por lá mais tempo que o previsto. Meu pai ficou preocupado, como o senhor está agora – concluiu, dirigindo-se a Vicêncio –, porém logo me lembrei de que devia deixar a folia de lado e retomar minhas obrigações. Assim, voltei para casa, com minha missão cumprida, e expliquei tudo ao velho, que me fez um sermão, mas me compreendeu e me desculpou. Certamente seu filho também se envolveu com divertimentos e não se lembrou de mandar notícias...

– Tem razão – Vicêncio falou, mais tranquilo. – Os jovens estão sempre colocando o prazer acima do dever...

Nesse momento os viajantes avistaram os muros de Pádua, e Petrúquio comentou:

– Conversamos tanto, e o senhor não nos disse o nome de seu filho.

– Lucêncio.

Todos se surpreenderam, inclusive a viuvinha, que até então permanecera muda e amuada.

– Ora, ora... Então somos parentes... – disse Petrúquio.

– Como assim?

– Lucêncio se casa amanhã com Bianca, minha cunhada, irmã de minha esposa... Para isso estamos aqui...

Por alguns momentos o velho ficou sem fala com a notícia inesperada; depois explodiu:

– Ele vai se casar... sem pedir minha autorização?? Ele sabe muito bem que desde menino está prometido para a filha de meu amigo Baltasar! E sabe também que não quero que se case antes de concluir os estudos!

– O senhor precisa se acalmar antes de encontrar seu filho... – Catarina sugeriu, tão apreensiva com o pobre homem que num instante superou o ciúme.

– Venha conosco para a casa da noiva – Petrúquio propôs. – Depois de comer e descansar, poderá conversar com Lucêncio.

– Nossos amigos têm razão – declarou Hortênsio, igualmente preocupado.

– É... – Valéria se limitou a dizer, temendo que o velho tivesse um ataque apoplético em plena estrada e estragasse seus planos para aquela tarde.

Caem as máscaras

No exato momento em que os viajantes transpunham os limites da cidade, Batista conversava animadamente com Graciano, o rosto risonho expressando a alegria que transbordava de seu coração. Sua enésima fiscalização demonstrara que estava tudo pronto para a grande festa, faltando apenas pendurar as flâmulas nas sacadas, colocar as guirlandas na porta de carvalho e arrumar as flores nos vasos que já estavam devidamente posicionados, o que seria feito na manhã seguinte. Depois, era saborear com as filhas, os genros e os convidados o banquete que Rosalina deveria começar a preparar logo mais à noite. E o primeiro encontro que tivera com seu falso consogro transcorrera às mil maravilhas, resultando no famoso documento que garantia a herança de Bianca.

– Ah, só tenho motivos para agradecer a Deus e brindar! – exclamou. – Vou pedir a Rosalina que nos sirva um trago daquele vinho que tomamos depois de assinar nosso documento... – E chamou a empregada, mas quem apareceu na porta da saleta, instantes depois, foi Tomás, o hortelão. – Ué, onde está Rosalina?

– O senhor se esqueceu, patrão? Ela foi acompanhar a senhorita Bianca...

– É verdade, que cabeça! Minha filha foi se confessar... – Batista explicou ao visitante e em seguida incumbiu o hortelão de levar-lhes uma jarra de vinho e dois copos.

O pobre homem demorou quase meia hora para encontrar as vasilhas solicitadas e, ao despejar o vinho da pipa na jarra, derramou bem um meio litro no chão. Teve vontade de abaixar-se e beber o que caíra, mas o cachorro que costumava esburacar-lhe a horta antecipou-se e num instante deu conta de limpar o piso da adega, para, em seguida, sair cambaleando e desabar na cozinha, junto ao fogão. Por fim, o hortelão entrou na saleta, levando a jarra numa das mãos e os dois copos na outra.

– Não achou uma bandeja? – o patrão perguntou, meio contrariado.

– Desculpe, senhor, mas não sei onde Rosalina guarda as coisas...

– Deixe aí e vá cuidar de seus afazeres. – O próprio Batista encheu os dois copos, entregou um a Graciano, ergueu o seu e brindou: – A nossos pimpolhos!

– A nossos pimpolhos! – repetiu o outro.

O tilintar dos copos coincidiu com a batida na porta.

– Devem ser minha filha Catarina e meu genro Petrúquio! – o anfitrião exclamou. – Disseram-me que chegariam hoje!

Certo de que algum criado iria abrir a porta, Batista levou o copo aos lábios e tomou dois goles de vinho. No entanto a batida se repetiu, dessa vez com mais força.

– Mas onde diabos andam esses empregados? – ele resmungou e saiu para atender os visitantes.

Ao ver o pai, Catarina abraçou-o carinhosamente e cobriu de beijos seu rosto corado. Batista não se lembrava de ter recebido de sua primogênita tamanha demonstração de afeto – aliás, não se lembrava de ter recebido dela nenhuma demonstração de afeto. Surpreso e emocionado, beijou-a também várias vezes, repetindo seu nome com ternura e gratidão.

Petrúquio assistiu à cena, duplamente feliz: por ver a esposa extravasar enfim o amor que sentia pelo pai e por considerar que seu plano de doma havia se coroado de absoluto sucesso. "Mereço não só parabéns, como aplausos!", pensou.

Entrementes, seu amigo Hortênsio se apeou e, depois de ajudar Valéria a descer do cavalo, aproximou-se do ex-sogro em potencial:

– Bom dia, senhor Batista! Permita que lhe apresente minha esposa.

A notícia do repentino casamento de um jovem que até poucos dias andava praticamente rastejando aos pés de sua caçula surpreendeu o velho Minola e ao mesmo tempo aumentou sua alegria. Receava que Hortênsio fizesse alguma cena de ciúme ao saber que Bianca ia se unir a Lucêncio; temia até que ele ameaçasse suicidar-se, pois durante meses cortejara a moça com uma paixão que parecia arrasadora.

Assim que conseguiu refazer-se do espanto, o mercador estendeu-lhe a mão, dizendo, com um sorriso que lhe ia de uma orelha a outra:

– Ora, ora... Felicidades... Sua esposa é muito linda! Senhora, meus respeitos. – Inclinou-se para beijar a mão enluvada da ex-viuvinha e em seguida convidou o jovem casal: – Fiquem para almoçar conosco. Hoje temos muito que comemorar. Entrem, entrem.

Até esse momento Vicêncio se mantivera discretamente afastado, não querendo perturbar com sua presença a reunião familiar. E só quando Valéria estava prestes a entrar no casarão, foi que Petrúquio se lembrou de apresentá-lo:

– Meu sogro, temos mais um comensal. Este é o senhor Vicêncio, pai de seu futuro genro...

– Como é que é?...

A boca de Minola simplesmente se escancarou, parecendo que ia partir-se ao meio e que o queixo não tardaria a cair no chão.

– Por que esse espanto? – Petrúquio quis saber, meio risonho, meio curioso.

– O... o pai de meu futuro genro... o pai de Lucêncio... está lá... na saleta... – o mercador explicou, arquejando como se tivesse corrido um quilômetro sem parar.

– Como é que é?... – foi a vez de Vicêncio perguntar, mais pasmo que o outro.

A perplexidade tomou conta de todos, exceto de Valéria, que, não aguentando mais ficar plantada na porta do palacete, propôs:

– Não podíamos resolver isso lá dentro?

Imediatamente os seis entraram na casa e foram direto para a saleta onde o falso Vicêncio saboreava seu vinho, tranquilo e feliz. Desde que chegara a Pádua passava bons momentos em companhia de seu consogro, regalando-se com a mesa farta e a adega repleta, das quais certamente sentiria saudade.

– Este senhor é o pai de meu futuro genro! – Batista berrou, apontando o farsante.

– É um impostor, isso sim! – Vicêncio berrou mais alto ainda.

Ao ouvir os gritos, Graciano levantou-se, esforçando-se para dissimular o medo que lhe gelava o sangue, e falou, aparentemente enfurecido:

– Como ousa dizer que sou um impostor?

– Quem é você? Por que se faz passar por mim? Onde está meu filho?

– Sou Vicêncio, mercador de Pisa, não me faço passar por ninguém e informo-lhe que meu filho Lucêncio está na hospedaria, preparando-se para vir almoçar conosco! – declarou.

– Pode provar o que diz? – o verdadeiro Vicêncio desafiou-o.

– E o senhor pode? – o outro o provocou.

Estavam nesse impasse, que os demais presenciavam sem saber o que fazer, quando Trânio entrou, vestido num dos trajes mais caros de seu patrãozinho, e cumprimentou os presentes.

Ao ouvir sua voz, o pisano se voltou para ele, vermelho de raiva, e perguntou:

– O que está fazendo com a roupa de meu filho?

O criado engoliu em seco e precisou recorrer a todo o seu sangue-frio para levar adiante a farsa.

– Estou com *minha* roupa, que meu querido pai, aqui presente, me deu – afirmou.

Mudo de cólera, Vicêncio atirou-se sobre o jovem que criara como filho e certamente o teria coberto de sopapos, se Petrúquio e Hortênsio não tratassem de agarrá-lo.

– Calma, senhor! – disseram em coro.

– Sente-se, por favor – Catarina pediu, fazendo sinal aos dois apaziguadores para que o conduzissem à cadeira mais próxima.

– O que você fez com meu menino? – o pisano rugiu.

– Não sei do que está falando... – Trânio respondeu, aparentando tranquilidade.

– Você matou meu filho, seu desgraçado?

O pobre homem tentou levantar-se para mais uma vez investir contra o farsante, porém Petrúquio e Hortênsio o mantinham firmemente seguro em suas mãos.

Lembrando-se de que a boa Rosalina sempre tentava fazê-la tomar água com mel para abrandar seus acessos de fúria, Catarina deixou a saleta e rumou para a cozinha, a fim de preparar a receita. Esperava ter com o velho o sucesso que a criada nunca tivera com ela. Durante anos Rosalina lhe implorou inúmeras vezes que tomasse ao menos alguns goles – "Beba, filhinha, é água com mel, vai lhe fazer bem!" –, e ela invariavelmente lhe arrancava o copo da mão com um tabefe.

Um minuto depois, voltava com o calmante caseiro, quando a porta da frente se abriu e, para redobrar seu espanto, o mestre de idiomas entrou abraçado com Bianca e seguido por Rosalina, os três rindo a mais não poder.

– Larguem-me! Larguem-me! Quero trucidar esse miserável!

– Acalme-se, homem!

Os gritos raivosos fizeram o riso morrer no rosto dos recém-chegados e conduziram os passos dos noivos para a saleta de jantar. Lucêncio reconheceu a voz de seu pai e preparou-se para revelar toda a verdade.

Bianca intuiu que a discussão se relacionava com a trama do namorado, que naquela manhã se tornara seu marido, e acompanhou-o, disposta a defendê-lo de qualquer acusação. Catarina foi atrás da irmã, derramando com a pressa algumas gotas da mistura que levava no copo.

Quanto a Rosalina, tinha certeza de que as consequências de seu envolvimento no matrimônio secreto seriam muito desagradáveis e, não estando preparada para enfrentá-las de imediato, resolveu refugiar-se na cozinha e cuidar de suas tarefas enquanto esperava a tempestade amainar.

Assim que entrou na saleta, Lucêncio se lançou aos pés do pai e suplicou-lhe:

– Perdoe-me, por favor!

Praticamente ao mesmo tempo, Bianca imitou o gesto do marido e, ajoelhando-se diante de Batista, também lhe implorou que a perdoasse.

Confusa com a revelação que acabara de presenciar, Catarina entregou o copo de água com mel para Petrúquio, que, sem pensar no que fazia, tomou-o de um único trago. Hortênsio voltou-se para Valéria e abraçou-a, como se quisesse tirar da esposa a energia suficiente para enfrentar aquele momento pesado de tensão e expectativa.

Trânio sorrateiramente se aproximou da porta, preparando-se para escapulir, caso os esclarecimentos do patrãozinho desencadeassem novo acesso de fúria no velho Vicêncio ou o levassem a responsabilizá-lo por toda a tramoia.

– Meu pai... meu sogro... Devo pedir perdão a ambos, na verdade. Eu me apaixonei por Bianca assim que a vi ali na praça, quando cheguei a Pádua – Lucêncio começou a explicar. – Ao mesmo tempo percebi que não teria como me aproximar dela, conhecê-la melhor e tentar conquistá-la se me apresentasse como mais um de seus pretendentes. Então ordenei a Trânio que trocasse de lugar comigo e me ofereci para dar aulas a ela. Assim, consegui distrair um de meus rivais, pois o outro, o que ali está – apontou para Hortênsio, que continuava abraçado à ex-viuvinha –, teve a mesma ideia que eu e se disfarçou de professor de música. Mas, quando viu que eu havia tido a felicidade de conquistar o amor de Bianca, desistiu de cortejá-la, conforme contou a Trânio, que por sua vez me contou.

– E para que precisou de um falso pai? – Vicêncio perguntou.

– Para garantir ao senhor Batista que Bianca não ficaria na miséria, se enviuvasse antes de perder o sogro e sem ter tido filhos. Depois de procurar por todo canto um velhote simpático, de aparência honesta, desconhecido em Pádua e disposto a assumir o papel de pai de Trânio-Lucêncio, finalmente meu bom amigo encontrou o senhor Graciano, um ingênuo professor de filosofia que estava de passagem pela cidade. De acordo com meu plano, Bianca e eu nos casaríamos secretamente no sábado anterior à data marcada pelo senhor Batista, pois ela poderia sair com o pretexto de se confessar... Então eu contaria toda a verdade a meu sogro e ao senhor... Tudo correu conforme planejei, exceto sua chegada, meu pai...

– Mas você sabia que eu queria vê-lo casado com a filha de meu amigo Baltasar... – o pisano ainda argumentou, apressando-se a acrescentar: – ... depois que terminasse seus estudos!

– Pois é, o amor me pegou no meio do caminho...

O comentário do rapaz e seu gesto de menino que implora perdão por ter cometido um ato inevitável comoveram a todos os que estavam presentes, sobretudo a Vicêncio, que, segurando as mãos do filho, puxou-o para si e abraçou-o com carinho e emoção.

O silêncio que se instalou na saleta seria completo, se os velhos pais não fungassem tanto, sem a mínima preocupação de disfarçar o choro. Os jovens também derramavam lágrimas, porém entre sorrisos e sem fazer ruído.

Apenas Graciano, o professor de filosofia, tinha os olhos secos; agora que encerrara sua participação naquela farsa, estava ansioso para seguir viagem, não se importando mais em deixar para trás a mesa requintada de seu pretenso consogro. Assim, esperou que as emoções se atenuassem para apresentar seus pedidos de desculpas, seus agradecimentos e suas despedidas.

– Fique mais um dia! – Batista o convidou. – Ainda que minha filha tenha se casado em segredo, a festa será amanhã! – comentou, voltando-se em seguida para os demais: – E agora que tudo foi esclarecido e perdoamos os pombinhos, vamos almoçar. Rosalina! – gritou.

A criada, que continuava refugiada na cozinha, fez-se de surda. Ainda não sabia como estavam os ânimos na saleta e por isso não se atrevia a deixar seu esconderijo.

– Rosalina! – o mercador tornou a chamar. – Aquela velha sonsa não estava com vocês? – perguntou aos noivos.

– Sim... – Bianca respondeu.

– E o que aconteceu? Ela também se casou pelo caminho? Ro-sa-li-naaa!

Até as corujas que se aninhavam na torre da igreja escutaram seu berro. A empregada não teve outra alternativa senão munir-se de coragem e aparecer diante do patrão. Timidamente ela se postou na entrada da saleta, mas, ao notar o clima de alegria e confraternização que ali reinava, constatou, com imenso alívio, que nada tinha a temer.

– Sim, senhor? – perguntou, sorridente.

– Sua fingida, já sei que você fazia parte da trama...

Rosalina inclinou a cabeça para o lado, ao mesmo tempo que erguia o ombro, denotando com seu gesto que realmente fizera o que o patrão dizia e não se arrependia nem um pouco.

– Será que poderia nos servir o almoço? – ele pediu com carinhosa ironia.

– É... bem...

– Isso quer dizer que ainda não preparou a comida?

– Bem... mas deixei tudo mais ou menos pronto antes de sair, não vai demorar muito... – ela explicou.

A satisfação de Batista era tamanha que nada parecia ter a capacidade de irritá-lo. Ele sempre estimara muito a fiel serviçal e agora a apreciava ainda mais, por ter guardado segredo e contribuído para tornar sua filha feliz. "Deus queira que essa felicidade perdure...", pensou, voltando a preocupar-se com o futuro de Bianca. No entanto, a voz de Rosalina, pedindo licença para retirar-se e voltar à cozinha, interrompeu o fluxo de pensamentos que ameaçavam perturbar seu bem-estar.

– Você já devia ter ido! – Batista exclamou, e a velha empregada correu a assumir seu posto junto ao fogão. – Vamos tomar mais um gole enquanto esperamos – o anfitrião propôs.

– *Mais* um gole? – Petrúquio estranhou. – Nós aqui ainda não tomamos nenhum...

Vence o amor

O domingo amanheceu ensolarado, o céu absolutamente azul embelezando a paisagem e aquecendo de tal modo os corações que o frio parecia ter se despedido. É bem verdade que o inverno estava no fim, mas a temperatura continuava baixa naquela região da Itália.

O casarão da praça despertou cedo para que se concluíssem os preparativos do banquete que iria celebrar o casamento de Bianca e a harmonia que acabara por ratificar a união de Catarina e Petrúquio.

Os empregados foram os primeiros a saltar da cama, como faziam diariamente, e cada qual tratou de se dedicar à sua tarefa. Todos tinham pressa de terminar o que lhes cabia, pois queriam arrumar-se condignamente para a festa. O patrão lhes dera dinheiro para comprarem roupas novas e os mandara arrumar para si mesmos uma mesa bem bonita na saleta dos fundos. O pessoal que chegou pouco depois para cuidar dos últimos detalhes da decoração também foi logo fazendo seu serviço, pois Batista os convidara igualmente a participar do banquete.

A notícia do casamento secreto de Bianca já se espalhara pela cidade. Como geralmente acontece, não se sabia quem a divulgara: talvez um dos fornecedores que foram ao palacete na véspera, talvez um dos criados que escutara a acalorada conversa, talvez até um transeunte que estivesse passando bem na hora da grande revelação de Lucêncio.

Ainda na tarde anterior, logo depois do almoço, o próprio Batista Minola se encarregara de comunicar ao padre da igreja de Santo Antônio que a cerimônia nupcial de Bianca já se realizara na capelinha dos camponeses. "Mas amanhã vamos comemorar o casório de qualquer forma e conto com sua presença", dissera-lhe, ao despedir-se.

Quanto aos demais convidados, distribuíra entre as filhas, os genros e os empregados a incumbência de avisá-los. Esperava que ninguém deixasse de comparecer ao banquete por causa da confusão armada por Lucêncio. Os jovens decerto a aplaudiriam, e os velhos haveriam de lembrar-se das loucuras que cometeram ou ao menos desejaram cometer em sua mocidade. Os maduros é que poderiam hesitar entre a aprovação e a censura, com medo de que, optando pela primeira alternativa, perdessem o respeito dos filhos e, escolhendo a segunda, granjeassem a antipatia do rico Minola. "De um modo ou de outro, a casa estará cheia...", o mercador concluiu consigo mesmo.

Sua previsão se confirmou. Por volta das onze horas, quando deveria estar se encerrando a cerimônia religiosa, pequenos grupos familiares começaram a chegar ao casarão, que, em pouco tempo, se encheu de vozes e risos. Se algum dos presentes achava esquisito comemorar com tanto requinte e entusiasmo um casamento que se realizara na véspera e em segredo, guardou tal opinião para si mesmo e não a expressou nem por palavras, nem por atitudes. O clima geral no suntuoso palacete era de alegria irrestrita.

O cardápio organizado pelo próprio Batista, com pequena colaboração de Rosalina e Graciano, compunha-se de iguarias preciosas e variadas, capazes de agradar a todos os paladares. A única queixa que poderia provocar era a de que ninguém, por mais comilão que fosse, conseguiria provar todos os pratos, ainda que se limitasse a uma porção mínima de cada um.

No momento em que os convivas tentavam arranjar mais um lugarzinho no estômago para degustar ao menos uma das diversas sobremesas que lhes enchiam a boca de água, o anfitrião se levantou, com seu copo de vinho erguido, e falou:

– Senhoras, senhores, proponho um brinde a todos os casais! Que Deus lhes conceda saúde e prosperidade para usufruírem os benefícios do casamento e lhes dê força e paciência para suportarem seus malefícios!

Sua proposta não só foi unanimemente aprovada, os "amém" e "assim seja" misturando-se ao tilintar dos copos e aos risos, como forneceu um tema para discussão.

– Certos casamentos só produzem malefícios... – Grêmio comentou, olhando para Petrúquio.

– Concordo plenamente – o outro respondeu. – Embora o meu não se inclua nesse grupo.

– Não...? – perguntaram os convidados em coro. Não tendo ainda visto a transformação de Catarina, cujo mau gênio já fazia parte do folclore local, achavam impossível que o casamento com uma mulher tão briguenta não estivesse entre aqueles que só produziam malefícios.

– Não – Petrúquio repetiu tranquilamente. – Meu casamento é um verdadeiro mar de rosas – explicou, abraçando a esposa.

Em vez de reagir com sua costumeira agressividade, Catarina repousou a cabeça sobre o ombro do marido e beijou-lhe a mão.

– Só pode ser um milagre! – uns e outros exclamaram, sem conseguir se conter.

– Não se trata de milagre nenhum, meus amigos – Petrúquio retorquiu. – Minha mulher sempre foi doce, cordata e meiga, só que precisou do amor para deixar essas qualidades aflorarem... É simples...

– Muito simples – Catarina concordou, erguendo o rosto sorridente, e, depois de pedir licença a todos, levantou-se da mesa para dar início aos preparativos da viagem de volta, que devia realizar-se naquela tarde.

Valéria, que se entediara mortalmente durante a festa, já que ninguém tivera a delicadeza de elogiar seu belo vestido, aproveitou a oportunidade para deixar a mesa também e procurar um canto solitário, onde pudesse esconder sua frustração. Curiosa para saber mais sobre a viuvinha que impedira Hortênsio de continuar rastejando a seus pés, Bianca igualmente pediu licença e acompanhou-a.

Entendendo que a retirada das três recém-casadas indicava o término da celebração, a maioria dos convidados se despediu, de modo que no salão ficaram apenas o dono da casa, seus genros, seu verdadeiro consogro e um pequeno grupo de amigos íntimos, além de Grêmio, Hortênsio, Trânio e Graciano. O velho professor de filosofia fora convidado a permanecer mais alguns dias no palacete, fazendo companhia a Batista para ajudá-lo a habituar-se com sua nova vida, sem as filhas. Vicêncio ainda se recuperava da fadiga da viagem e da confusão da véspera, planejando partir só na segunda-feira, junto com os noivos. Quanto aos outros, ardiam de curiosidade para saber a que se devia a extraordinária transformação de Catarina.

– Agora que estamos sozinhos, pode nos explicar como se realizou o milagre? – Grêmio perguntou.

– Já expliquei: não se trata de milagre – Petrúquio respondeu, sorridente.

– Mas ela mudou muito!! – Lucêncio exclamou. – Parece quase tão meiga quanto minha Bianca...

– ... ou quanto minha Valéria! – Hortênsio acrescentou.

– Não quero desfazer de suas mulheres, porém afirmo, com absoluta convicção, que minha Catarina é não só mais meiga que elas, como mais cordata – disse Petrúquio.

Os outros dois protestaram, entre mostras de indignação e de descrença, nas quais foram plenamente apoiados por Grêmio.

– Ora, meu filho, por mais que ela tenha mudado, como parece, não há de ser sequer tão meiga e cordata quanto Bianca – argumentou Batista.

– Não acreditam? Pois proponho que cada um de nós chame sua respectiva esposa. Aposto que Catarina atenderá de imediato, enquanto as outras ou vão se demorar, ou simplesmente mandarão dizer que não podem vir.

– Tudo bem! – Hortênsio concordou. – Aposto vinte moedas de prata!

– Que ninharia! – Petrúquio torceu o nariz. – Uma quantia dessa eu não apostaria nem em meu cachorro!

– Cem moedas de prata! – declarou Lucêncio, tocado em seus brios.

– Concorda? – Petrúquio perguntou a Hortênsio.

– Concordo! – o rapaz exclamou.

Três mãos direitas se sobrepuseram para selar o acordo, enquanto Trânio se prontificava a ir chamar as três esposas, uma de cada vez.

– Por qual delas devo começar?

– Pela minha! – Lucêncio decidiu, acreditando sem sombra de dúvida que ganharia a aposta.

Trânio saiu e instantes depois voltou sozinho, explicando que tivera de espiar em várias salas até encontrar Bianca.

– Então esse tempo de procura não conta! – Lucêncio apressou-se a determinar.

– De qualquer modo, você perdeu, pois ela não apareceu – Petrúquio observou.

– O que ela falou? – perguntou Batista, intrigado com a atitude da filha, sempre tão doce e obediente.

– Bem, ela estava conversando com a senhora Valéria – o criado respondeu – e pediu para o patrãozinho esperar um pouco...

Sua explicação arrancou de Petrúquio uma sonora gargalhada e deixou pasmos os demais. Até mesmo Vicêncio e Graciano, que mal conheciam Bianca, surpreenderam-se com a atitude da moça.

A pedido de Hortênsio, Trânio foi chamar Valéria e um minuto depois voltou, sozinho, para comunicar que a viuvinha mandara dizer que estava ocupada e que, se o marido desejava lhe falar, devia ir até lá.

– Mas só se fosse algo importante – acrescentou –, pois ela fez questão de frisar que não gostaria de interromper sua conversa com a senhora Bianca... Conversa que, aliás, me pareceu bastante animada...

Enquanto Hortênsio baixava a cabeça, aborrecido e envergonhado, Petrúquio tornou a rir com gosto e ordenou ao criado que chamasse sua mulher.

A expectativa reinou soberana no salão, mas só por alguns momentos, até Catarina aparecer na porta e perguntar ao marido, muito solícita:

– O que deseja, querido?

Antes de responder, ele olhou para os perdedores da aposta com um ar de superioridade que os fez desejarem cavar um buraco no chão e esconderem-se.

– Desejo que vá chamar Bianca e Valéria – falou. – E que as traga, ainda que seja à força!

Catarina fez uma graciosa reverência e retirou-se. Contudo não demorou meio minuto para retornar, levando as duas esposas relutantes, cada qual firmemente segura pelo cotovelo.

– Aqui estão elas, meu amor – declarou. – Deseja mais alguma coisa?

Petrúquio se aproximou da mulher, abraçou-a ternamente e, depois de elogiá-la pela presteza e pela competência com que cumprira a tarefa da qual fora encarregada, disse:

– Sim, Cacá. Quero que explique a todos, principalmente a essas duas jovens senhoras, o milagre a que atribuem sua suposta transformação.

Deixando-a sozinha no meio do salão, ele conduziu Bianca e Valéria a seus respectivos esposos e sentou-se novamente junto ao sogro. A pequena plateia ajeitou-se nas cadeiras, silenciosa como um grupo de estátuas, e aguardou.

– Realmente, não se trata de milagre, mas de bom-senso – Catarina começou. – Ou talvez de consciência. Durante muitos anos recorri aos berros e aos acessos de raiva para conseguir o que queria e para evitar o que não queria. Com isso criei fama de megera, que, reconheço, mereci plenamente. Acho que de fato sempre fui doce, cordata e meiga, como bem disse meu marido, mas decerto tinha medo de expor essas... qualidades, para ainda usar as palavras dele, pensando, talvez, que passaria por fraca, que não conseguiria impor minha vontade, que... sei lá... a cabeça da gente é muito confusa... Precisei da ajuda de Petrúquio e de uma pessoa que infelizmente não se encontra aqui, a boa Ludovica, nossa empregada, para abrir os olhos e me conscientizar de tudo isso. Graças a eles aprendi que quem precisa, ou quer muito alguma coisa que não pode

conseguir por seus próprios meios, pede. E pede com naturalidade, como uma criança que quer ganhar um brinquedo novo, ou com humildade, como o mendigo que precisa de uma esmola. Gritos não dão nada para ninguém. Vamos deixar para gritar com os inimigos, com quem não ouve, com quem nos dá realmente motivos para perder a paciência. Mas, no dia a dia, para que gritar, quebrar coisas, viver às turras? Isso não leva a nada... Muitas vezes a vontade de um esbarra na vontade do outro, e, quando duas vontades opostas se chocam, é preciso conversar a respeito delas, argumentar, tentar chegar a um acordo. Cada um cede um pouco, ou cede totalmente, se for o caso, e a convivência se torna harmoniosa, agradável... Isso se chama bom-senso, como expliquei. Em meu caso, o amor desempenhou um papel fundamental. Demorei a entender que me apaixonei por Petrúquio assim que o vi. Mais uma vez, creio que tive medo de admitir isso e perder o que considerava minha independência... Que boba... Se o amor não tivesse surgido em minha vida, talvez eu ainda estivesse dando murro em ponta de faca, como se diz... Minha querida Ludovica me abriu os olhos. E meu adorado Petrúquio me abriu o coração, ou seja, me fez agir de acordo com meus verdadeiros sentimentos: amor, ternura, senso de cumplicidade...

Emocionada com suas próprias palavras, Catarina encerrou seu discurso e olhou para o marido, que imediatamente se levantou e correu a abraçá-la com amor, ternura e o senso de cumplicidade ao qual ela se referira. Agora, sim, eram de fato parceiros na vida, sócios no grande empreendimento da felicidade conjugal. Podiam contar um com o outro, sempre se protegeriam mutuamente e estavam prontos para tentar conciliar suas vontades ou até mesmo para ceder, quando elas se opusessem. Porque o diálogo franco, o desejo sincero de chegar a um acordo, a arte de conciliar ou de ceder são um dos principais pilares da convivência prazerosa, não só entre marido e mulher, mas também entre pais e filhos, entre amigos, entre colegas, entre cidadãos.

QUEM É HILDEGARD FEIST?

Hildegard – ou Hilde, como é chamada pelos amigos – nasceu em São Paulo, formou-se em Letras Neolatinas pela USP, estudou Sociologia da Comunicação em Washington, Estados Unidos, e, de volta ao Brasil, dedicou-se primeiramente à editoração de fascículos e depois à tradução de livros e à elaboração de adaptações de clássicos da literatura e de textos paradidáticos.

Seu desempenho profissional ao longo de mais de trinta anos de carreira tem dois traços principais: perfeccionismo e seriedade. Do mesmo modo, quem a conhece logo lhe atribui duas características fundamentais: talento e modéstia.

Uma de suas grandes paixões é a música, mais precisamente a ópera. Para assistir a uma temporada lírica, Hilde é capaz de viajar milhares de quilômetros – é por isso que, sempre que pode, vai à Europa ou à América do Norte. Mozart é seu compositor predileto, e todas as óperas baseadas em peças de Shakespeare despertam seu interesse: é o caso, por exemplo, de *Otello*, do italiano Giuseppe Verdi, e de *A megera domada*, do alemão Hermann Goetz.